Contos e novelas

Júlia Lopes de Almeida

edição brasileira© Hedra 2021
organização© Rodrigo Jorge Ribeiro Neves

edição Jorge Sallum
coedição Suzana Salama
assistência editorial Paulo Henrique Pompermaier
revisão Renier Silva
capa Lucas Kröeff

ISBN 978-65-89705-26-0

Grafia atualizada segundo o Acordo Ortográfico da Língua Portuguesa de 1990, em vigor no Brasil desde 2009.

EDITORA HEDRA LTDA.
R. Fradique Coutinho, 1139 (subsolo)
05416–011 São Paulo SP Brasil
Telefone/Fax +55 11 3097 8304
editora@hedra.com.br

www.hedra.com.br
Foi feito o depósito legal.

Contos e novelas

Júlia Lopes de Almeida

Rodrigo Jorge Ribeiro Neves (*organização*)

1ª edição

hedra

São Paulo 2021

Contos e novelas é uma seleção de narrativas curtas de Júlia Lopes de Almeida, extraídas de duas de suas obras: *Ânsia eterna* (1903) e *A isca* (1922). Da primeira, fortemente influenciada pelo escritor francês Guy de Maupassant, foram selecionados dez contos, marcados pelo insólito e pelo fantástico. Da segunda, que reunia originalmente quatro novelas, foram selecionadas duas que apresentam algumas das características da narrativa de Júlia Lopes e dos temas que permeiam sua obra. Com tintas do naturalismo e do realismo francês, sua prosa tem traços da objetividade, do antropocentrismo e do cientificismo que fizeram escola no século XIX. Não ficam de fora, no entanto, as críticas à sociedade brasileira: o lugar da mulher na sociedade patriarcal, os conflitos familiares, as marcas da escravidão e os contrastes sociais, políticos e econômicos resultantes da modernização são temas recorrentes.

Júlia Lopes de Almeida (Rio de Janeiro, 1862–*id.*, 1934) é uma das escritoras brasileiras mais importantes da virada do século XIX para o XX. Romancista, contista, cronista e dramaturga, publicou seus primeiros textos aos dezenove anos em jornais cariocas. Em 1886 mudou-se para Lisboa, cidade de seus pais, onde efetivamente inciou sua carreira de escritora. Seu primeiro romance, *Memórias de Marta*, foi publicado em Portugal em 1888. Um dos principais nomes da *belle époque* carioca, Júlia Lopes publicou dez romances — dentre os quais o famoso *A falência*, de 1901—, cinco livros de contos e sete peças teatrais, muitas das quais escritas durante sua estadia na França. Apesar de sua importância, foi pouco lida se comparada aos escritores, em face da invisibilidade sofrida pelas escritoras. Esteve também entre os idealizadores da Academia Brasileira de Letras, mas foi preterida a assumir uma das cadeiras entre os fundadores por ser mulher.

Rodrigo Jorge Ribeiro Neves é doutor em Estudos de Literatura e mestre em Letras pela Universidade Federal Fluminense (UFF). Foi pesquisador visitante na Princeton University (EUA) e bolsista da Fundação Casa de Rui Barbosa. Atuou como docente de literatura brasileira na UFF e na Universidade Federal do Rio de Janeiro (UFRJ). Desenvolveu pesquisa de pós-doutorado no Instituto de Estudos Brasileiros da Universidade de São Paulo (IEB-USP) e na Universidad de Alcalá, Espanha.

Coleção Metabiblioteca foi pensada para edições anotadas, obras completas ou escolhidas de cânones da literatura em língua portuguesa. Desde estabelecimento de textos até novas hipóteses de leitura, a coleção propõe publicações que vão além do que geralmente é conhecido como vernáculo.

Sumário

Apresentação

RODRIGO JORGE RIBEIRO NEVES

Em um casarão na rua do Lavradio, no centro do Rio de Janeiro, nasceu Júlia Lopes de Almeida em 24 de setembro de 1862. Com uma produção literária expressiva em gêneros diversos, Júlia foi romancista, contista, cronista e dramaturga. Em 1881, aos dezenove anos, publicou seus primeiros textos em *A Gazeta de Campinas*, jornal da cidade para onde se mudara com a família ainda na infância. Aos 22 anos, em 1884, começou a escrever para um dos principais periódicos brasileiros, *O País*, colaboração que se estendeu por mais de trinta anos. A atividade literária e jornalística em importantes veículos da imprensa da época exerceu influência decisiva na sua atuação intelectual e artística.

Filha de um casal de portugueses, Valentim José da Silveira Lopes e Adelina Pereira Lopes, Júlia mudou-se, em 1886, para Lisboa, onde deu início a sua carreira de escritora. No ano seguinte, com a irmã Adelina Lopes Vieira, publicou *Contos infantis*. Em 1887, casou-se com o também escritor Filinto de Almeida, então diretor do periódico carioca *A Semana Illustrada*, que contou com a frequente colaboração de Júlia Lopes.

Por meio de folhetins em *O País*, lançou, em 1888, seu primeiro romance, *Memórias de Marta*, quando retornou ao Brasil. Desde então, foi uma escritora prolífica e engajada, abordando temas como a República, a escravidão, e o papel da mulher nas esferas pública e privada da sociedade, com o Rio de Janeiro como um de seus principais cenários. Dentre seus livros, destaca-se o romance *A falência*, de 1901, retrato contundente de um país que mudava de regime e se modernizava, mas permanecia preso a estruturas arcaicas de exploração e desigualdades.

Foi uma das escritoras mais importantes da virada do século XIX para o XX, sendo um dos principais nomes da *Belle Époque* carioca. Esteve entre os idealizadores da Academia Brasileira de Letras, mas foi preterida a assumir uma das cadeiras entre os fundadores por ser mulher, já que a maioria dos membros decidiu acompanhar a tradição da Academia Francesa de Letras, modelo seguido pela agremiação no Brasil, que contava apenas com homens no quadro. Seu marido, Filinto de Almeida, ao contrário, ocupou a cadeira de número 3, embora reconhecesse, em entrevista a João do Rio, que quem deveria estar na Academia era Júlia, e não ele.

A respeito do não ingresso de Lopes de Almeida na ABL, a pesquisadora Michele Fanini,[1] comenta:

> Júlia Lopes de Almeida participou, juntamente com seu cônjuge, Filinto de Almeida, de muitas das reuniões que culminariam na criação da ABL. Lúcio de Mendonça, um dos idealizadores da agremiação, chegou a elaborar uma lista extraoficial com os nomes daqueles que, segundo ele, deveriam figurar como seus membros fundadores. Publicada no *Estado de São Paulo*, em 1896, a lista trazia o nome de uma única escritora: o de Júlia Lopes de Almeida. Até onde nos é dado saber, a tímida ressonância da indicação entre os demais postulantes (à exceção de Filinto de Almeida, Lúcio de Mendonça, José Veríssimo e Valentim Magalhães), amparada na alegação pretensamente impessoal de que a agremiação estaria sendo concebida à imagem e semelhança de sua congênere francesa, a *Académie Française de Lettres*, em cujo Regimento Interno a expressão *homme de lettres* adquiria sentido literal, culminou em um desfecho sugestivo, que viria a assumir os contornos de uma gentileza compensatória: o ingresso de Filinto de Almeida, que passou a ser considerado por alguns como o "acadêmico consorte". Filinto de Almeida chegou a fazer a seguinte afirmação em entrevista concedida ao dândi João do Rio: "Não era eu quem devia estar lá [na ABL], era ela". Júlia Lopes de Almeida protagonizou o primeiro e mais emblemático vazio institucional da ABL produzido pela barreira do gênero. Gostaria, no entanto, de mencionar o papel fundamental desempenhado por Claudio Lopes de Almeida, neto da escritora, que foi

1. Michele Fanini é autora da tese de doutorado "Fardos e fardões: Mulheres na Academia Brasileira de Letras (1987–2003)".

quem cuidou de seu arquivo pessoal até fins de 2010, quando então passou a ser custodiado pela ABL. Como Júlia Lopes de Almeida fez coincidir sua trajetória literária e social com a produção de seu arquivo, a preservação de sua memória muito se deve à cuidadosa atuação do neto e, atualmente, ao Arquivo da ABL.

A escritora chegou a morar novamente em Portugal, onde publicou suas primeiras peças teatrais, e depois na França, onde sua obra foi traduzida e divulgada. Participou ativamente de diversas associações femininas e discutiu temas relacionados ao Brasil e à mulher em conferências no país e no exterior, bem como em alguns de seus livros. Faleceu no Rio de Janeiro em 30 de maio de 1934, por complicações renais e linfáticas decorrentes da febre amarela.

O APAGAMENTO DO CÂNONE

Mesmo sendo uma das autoras mais importantes de seu tempo e admirada pelos seus pares, o nome de Júlia Lopes de Almeida não resistiu aos mecanismos de apagamento do cânone. No entanto, sua obra vem sendo relida e estudada nos últimos anos por pesquisadores de diversas áreas das humanidades, com reedições de seus principais livros. Além disso, a atualidade das questões discutidas em sua obra e a moderna sofisticação de sua escrita são também fatores determinantes para que sua leitura seja cada vez mais necessária.

Esta coletânea reúne algumas narrativas curtas de Júlia Lopes de Almeida, dividida em duas seções: Contos e Novelas. Os livros dos quais foram extraídos os textos são, respectivamente, *Ânsia eterna*, de 1903, e *A isca*, de 1922. Embora não sejam os únicos volumes de narrativas curtas da escritora, foram selecionados por apresentarem algumas das características da narrativa de Júlia Lopes e dos temas que permeiam sua obra. Por isso, este livro não se propõe a ser uma síntese ou um panorama da multifacetada e expressiva produção literária da autora, mas um convite à discussão sobre questões presentes em suas temáticas, bem como um estímulo a conhecer suas demais obras.

Ânsia eterna foi publicado pela primeira vez, no Rio de Janeiro, pela H. Garnier. Em 1938, foi lançada uma reedição póstuma pela editora A Noite, com correções feitas pela autora. Uma das principais influências desse livro, e de outros que marcam o estilo de Júlia Lopes de Almeida, são os contos do escritor francês Guy de Maupassant (1850-1893). Embora os textos de *Ânsia eterna* fujam um pouco do universo da obra de Júlia Lopes, ao abordar o insólito e o fantástico, a começar pelo título do volume, eles não deixam de discutir as questões caras à escritora, como o papel da mulher e o retrato da sociedade escravocrata. Para esta coletânea, foram selecionados dez contos: "O caso de Rute", "A rosa branca", "Os porcos", "A caolha", "Incógnita", "A morte da velha", "Perfil de preta (Gilda)", "A nevrose da cor", "As três irmãs" e "O futuro presidente". Muitos deles são dedicados a escritores e intelectuais de sua geração, como Arthur Azevedo e Machado de Assis.

Já a edição de *A isca* foi um trabalho da Livraria Leite Ribeiro, também no Rio de Janeiro. O livro é constituído de quatro novelas, das quais selecionamos duas para esta coletânea, "O laço azul" e "O dedo do velho". Com o subtítulo "novela romântica", a primeira traz à tona o lugar da mulher na constituição familiar, sua posição em tempos de guerra e as dinâmicas das relações entre seus membros. E isto através da questão do duplo, representada por duas irmãs gêmeas, um dos temas recorrentes da prosa de ficção moderna. A segunda novela foi publicada pela primeira vez em *A Illustração Brazileira*, em 1909, com o subtítulo "romance". Assim como em alguns contos de *Ânsia eterna*, "O dedo do velho" também se reveste do insólito no desenvolvimento de sua história, além de apresentar alguns índices da modernidade, nas referências ao automóvel e à urbanização.

Além das obras acima citadas, Júlia Lopes de Almeida deixou os romances *A família Medeiros*, *A viúva Simões*, *Cruel amor*, *A intrusa*, *A Silveirinha*, *A casa verde* (com o marido Filinto de

Almeida), *Pássaro tonto* e *O funil do diabo*; além dos livros de contos *Traços e iluminuras*, *Era uma vez...* e *A caolha*, e as peças teatrais *A herança*, *O caminho do céu*, *A última entrevista*, *A senhora marquesa*, *O dinheiro dos outros*, *Vai raiar o sol* e *Laura*.

REALISMO E NATURALISMO FRANCÊS

Marcada pelos contos de Guy de Maupassant (1850–1893), assim como pelos romances de Émile Zola (1840–1902), Júlia Lopes imprime em suas obras uma forte influência do naturalismo e do realismo francês. Algumas das características presentes na sua produção literária são a objetividade, em contraposição ao sentimentalismo, o antropocentrismo, as duras críticas à sociedade brasileira e o cientificismo na análise de seus personagens, influenciados pelo meio, raça e contexto histórico, de acordo com o determinismo, e cujo comportamento é associado a causas biológicas, segundo o biologismo. A zoomorfização também é um elemento recorrente nas obras de Júlia Lopes, atribuindo características animais a seres humanos. No entanto, a escritora não deixou de escrever aquilo considerado mais adequado para uma mulher da época, como *O livro das noivas e maternidade*.

É importante ressaltar o contexto histórico no qual Júlia Lopes de Almeida está inserida, a começar pelo ano de seu nascimento. Em 1862 o Brasil rompe relações com o Reino Unido na Questão Christie, como consequência de tensões entre as coroas, principalmente por conta da persistência da escravidão no Brasil. Após a Proclamação da República em 1889, importantes transformações políticas, econômicas, sociais e culturais marcaram o país na virada do século. A Primeira República, também conhecida como República Velha, vivenciou graves crises devido às disputas geradas pelas forças políticas ainda fragmentadas e à desvalorização da moeda acompanhada do súbito crescimento da inflação. Júlia Lopes viveu um período de consolidação das instituições republicanas, de uma economia agroexportadora, de revoltas populares, civis e militares, contra o sistema político e social, e de entrada no século XX, a chamada Era dos Extremos.

Para esta edição, foi atualizada a grafia segundo o Novo Acordo Ortográfico da Língua Portuguesa. Palavras como "oiro", "coiro", "doiradas", "loiça", "óptica" e "cousa", embora contempladas no Vocabulário Ortográfico da Língua Portuguesa, foram substituídas pelas suas formas contemporâneas do Português Brasileiro, como "ouro", "couro", "douradas", "louça", "ótica" e "coisa". A pontuação da autora também foi conservada, salvo em casos que podem levar a ambiguidades ou estejam em desacordo com regras sintáticas, como a exclusão de vírgulas separando sujeito e predicado. Decidimos manter ainda colocações pronominais, como próclises, mesóclises e ênclises, empregadas pela autora. Expressões em língua estrangeira foram grifadas em itálico.

CONTOS

O caso de Rute

A Valentim Magalhães

Pode abraçar sua noiva! disse com bambaleaduras na papeira flácida a palavrosa baronesa Montenegro ao Eduardo Jordão, apontando a neta, que se destacava na penumbra da sala como um lírio irrompido dentre os florões da alcatifa.

Ele não se atreveu e a moça conservou-se impassível. 5

— Não se admire daquela frieza. Olhe: eu sei que Rute o ama, não porque ela o dissesse — esta menina é de um melindre de envergonhar a própria sensitiva — mas porque toda ela se altera quando ouve seu nome. Outro dia, porque uma prima mais velha, senhora de muito respeito, ousasse pôr em dúvida o 10 seu bom caráter, a minha Rute fez-se de mil cores e tais coisas lhe disse que nem sei como a outra a aturou!

Agora, que o senhor vem pedi-la, é que eu lhe declaro que estava morta por que chegasse este momento. Apreciei-o sempre como um coração e um espírito de bom quilate. 15

— Oh! minha senhora…

— Não lhe faço favor. Além disso, Rute está com vinte e três anos; parece-me ser já tempo de se casar. Há de ser uma excelente esposa: é bondosa, regularmente instruída, nada temos poupado com a sua educação. A mãe teve só esta filha e foi 20 rigorosíssima na escolha das mestras e das amigas; o padrasto tratava-a também com muita severidade, embora fosse carinhoso. Desde que ele morreu que nos falta alegria em casa… A mulher, coitada, como sabe, ficou paralítica. Foi um rude golpe… O que tenho a dizer-lhe, portanto, é isto: afirmo-lhe que Rute o 25 adora e que não há alma mais cândida que a sua. Aí a deixo por alguns minutos; se é o respeito por mim que lhe tolhe as palavras, concedo-lhe plena liberdade.

Eduardo fixou na noiva um olhar apaixonado. Na sua brancura de pétala de camélia não tocada, Rute continuava em pé, no mesmo canto sombrio da sala. Os seus grandes olhos negros chispavam febre e ela amarrotava com as mãos, lentamente, em movimentos apertados, o laço branco do vestido.

A baronesa acrescentou ainda, carregando nas qualidades da neta e fazendo ranger a cadeira de onde se erguia:

— Rute nunca foi de lastimeiras, e, apesar de mimosa e de aparentemente frágil, tem boa saúde. Um bom corpo ao serviço de uma excelente alma. Dirão: "Estas palavras ficam mal na tua boca!..." Pouco importa; são a verdade. Tenho outras netas, filhas de outras filhas; tenho criado muitas meninas, minhas e alheias, mas em nenhuma encontrei nunca tanta altivez digna nem tanta pudicícia. Aí lha deixo; confesse-a!

A velha saiu.

Todos os rumores da rua rolaram confusamente pela sala. A porta que se abriu e fechou trouxe, numa raja de luz, os repiques dos sinos, o rodar dos veículos, o sussurro abominável da cidade atarefada; mas também tudo se extinguiu depressa. A porta fechou-se, as janelas voltadas para o jardim mal deixavam entrar a claridade, coada por espessas cortinas corridas, e os noivos ficaram sós, silenciosos, contemplando-se de face.

O bisavô de Rute, primeiro barão da família, fora um colecionador afincado de móveis e de outros objetos dos tempos coloniais. Súdito de d. João VI, de que a sua admirável memória acusava ainda todos os traços já aos noventa e oito anos, era sempre o seu assunto predileto a narração dos sucessos históricos presenciados por ele. À proporção que se ia afastando de seus dias de moço, mais aferrado se fazia aos gostos e às modas do seu tempo.

Só se servia em baixela assinada com os emblemas da casa bragantina e a propósito de qualquer coisa dizia, fincando o queixo agudo entre o indicador em curva e o polegar: — "Lembro-me de uma vez em que a d. Carlota Joaquina"... Ou então: — "Em que d. João VI, ou d. Pedro I", etc. E em seguida lá vinha a descrição de um *Te Deum*, ou de uma procissão, a que a sua imaginação facultosa emprestava as mais brilhantes pompas. A família tinha um sorriso condescendente para aquele apego, já sem curiosidade, à força de ouvir repetir os mesmos fatos. Os amigos evitavam tocar, de leve que fosse, em assuntos políticos, receosos da longura do capítulo que o barão a propósito lhes despejasse em cima; mas só ele, o bom, o fiel, nada percebia, e, com os olhos no passado, toca a citar ditos e atitudes dos imperadores e a curvar-se numa idolatria pelo espírito boníssimo da última imperatriz.

Cadeiras pesadas, de moldes coloniais, largas de assento, pregueadas no couro lavrado de coroas e brasões fidalgos, uniam as costas às paredes, de onde um ou outro quadro sacro pendia desguarnecido e tristonho.

Assim o quisera o pai, que até mesmo na hora suprema rejeitara um belo crucifixo que lhe oferecia o padre, voltando os olhos suplicemente para um outro crucifixo mais tosco, erguido sobre a cômoda, e que pertencera a d. Pedro I.

Para ele, naquela cruz não estava só o Cristo; estava, de envolta com o respeito pelos monarcas extintos, a lembrança dos seus folguedos de moço. Talvez mesmo, num volteio súbito da memória, se lembrasse das festas religiosas em que namorara, à sombra dos conventos, a sua primeira mulher, e beliscara com freimas amorosas os braços gordos da Janoca, a mulatinha mais faceira de então... Quem sabe? talvez que na hora da morte não se possa só a gente lembrar das coisas sérias. Qualquer hora vivida pode ser recordada rapidamente, sem tempo de escolha.

Como a Janoca não pertencera à história, a família ignorou-a;

e pelo ar gélido daquela galeria de espectros palacianos não apareceu nenhum requebro quente de mulatinha risonha que lhes desmanchasse a compostura.

Como seu pai, o segundo barão morreu quase centenário, deixando ainda frescalhona a sua terceira mulher, que, por mau gosto ou mau conselho, reformou o seu interior confundindo estilos, pondo no mesmo canto móveis de gosto e utilidades opostas. A extravagância não conseguira destruir completamente a severidade da sala.

As virgens dos quadros, de longo pescoço arqueado e rosto pequenino, gozavam ali o doce sossego de uma meia tinta religiosa.

Mas lá dentro, os dias passavam entre o tropel da criançada, os sons do piano e a confusão dos criados.

E era por isso que todos fugiam lá para dentro e que só Rute, nas suas horas de inexplicável tristeza, se encerrava ali, em companhia da Madona da Cadeira e da Virgem de S. Sixto.

Era nessa mesma sala que ela ainda estava, muda e pálida, em frente do seu amado.

— Rute... balbuciou Eduardo.

Mas a moça interrompeu-o com um gesto e disse-lhe logo, com voz segura e firme:

— Minha avó mentiu-lhe.

O noivo recuou, num movimento de surpresa; foi ela quem se aproximou dele, com esforço arrogante e doloroso, deslumbrando-o com o fulgor dos seus olhos belíssimos, bafejando-lhe as faces com seu hálito ardente.

— Eu não sou pura! Amo-o muito para o enganar. Eu não sou pura!

Eduardo, lívido, com latejos nas fontes e palpitações desordenadas no coração, amparou-se a uma antiga poltrona, e olhou espantado para a noiva, como se olhasse para uma louca. Ela, firme na sua resolução, muito chegada a ele, e a meia voz, para que a não ouvissem lá dentro, ia dizendo tudo:

— Foi há oito anos, aqui, nesta mesma sala... Meu padrasto era um homem bonito, forte; eu uma criança inocente... Dominava-me; a sua vontade era logo a minha. Ninguém sabe! oh! não fale! não fale, pelo amor de Deus! Escute, escute só; é segredo para toda a gente... No fim de quatro meses de uma vida de luxúria infernal, ele morreu, e foi ainda aqui, nesta sala, entre as duas janelas, que eu o vi morto, estendido na essa.[2] Que libertação que foi aquela morte para a minha alma de menina ultrajada! Ele estava no mesmo lugar em que me dera os seus primeiros beijos... ali! ali! oh, o danado! como lhe quero mal agora! Não fale, Eduardo! Minha avó morreria, sofre do coração; e minha mãe ficou paralítica com o desgosto da viuvez... Desgosto por aquele cão! e ela ainda me manda rezar por sua alma, a mim, que a quero no inferno! Às vezes tenho ímpeto de lhe dizer: "Limpa essas lágrimas; teu marido desonrou tua filha, foi seu amante durante quatro meses..." Calo-me piedosamente; e acodem todos: que não chorei a morte daquele segundo pai e bom amigo!

~

— É isto a minha vida. Dou-lhe a liberdade de restituir a sua palavra à minha família.

Rute falara baixo, precipitando as palavras, toda curvada para Eduardo, que lhe sentia o aroma dos cabelos e o calor da febre.

Em um último esforço, a moça fez-lhe sinal que saísse e ele obedeceu, curvando-se diante dela, sem lhe tocar na mão.

~

O outro está morto há oito anos... ninguém sabe, só ela e eu... Está morto, mas vejo-o diante de mim; sinto-o no meu peito, sobre os meus ombros, debaixo de meus pés, nele tropeço, com ele me abraço em uma luta que não venço nunca! Ninguém sabe... mas por ser ignorada será menor a culpa? Dizem todos que Rute é puríssima! Assim o creem. Deverei contentar-me

2. Catafalco, onde se coloca um caixão ou a representação de um morto. [N. O.]

com essa credulidade? Bastará mais tarde, para a minha ventura, saber que toda a gente me imagina feliz? O meu amigo Daniel é felicíssimo exatamente por ignorar o que os outros sabem. Se a mulher dele tivesse tido a coragem de Rute, amá-la-ia ele da mesma maneira? Se a minha noiva não me tivesse dito nada, não seria o morto quem se levantasse da sepultura e me viesse relatar barbaramente as suas horas de volúpia, que me fazem tremer de horror! E eu, ignorante, seria venturoso, amaria a minha esposa, à sombra do maior respeito e com a mais doce proteção… E assim?! Poderei sempre contar o meu ciúme e não aludir jamais ao outro?

Ele morreu há oito anos… ela tinha só quinze… ninguém sabe! só ela e eu!… e ela ama-me, ama-me, ama-me! Se me não amasse e fosse em todo caso minha noiva di-me-ia do mesmo modo tudo? Não… parece-me que não… não sei… se me não amasse… nada me diria! Daí, quem sabe? *Amo-o muito para o enganar*… parece-me que lhe ouvi isto! Se eu pudesse esquecê-la! Não devo adorá-la assim! É uma mulher desonrada. A pudica açucena de envergonhar sensitivas é uma mulher desonrada… E eu amo-a! Que hei de fazer agora? Abandoná-la… não seria digno nem generoso… Aquela confissão custou-lhe uma agonia! Se ela não fosse honesta não afrontaria assim a minha cólera, nem se confessaria àquele que amasse só para não sentir a humilhação de o enganar. E o que é por aí a vida conjugal senão a mentira, a mentira e, mais ainda, a mentira?

O outro está morto… ninguém sabe, só ela e eu! Ela e eu! e que nos importam os outros, tendo toda a mágoa em nós dois só?! Antes todos os outros soubessem… Não! Que será preferível ser desgraçado guardando uma aparência digna, ou…? Não! em certos casos há ainda alguma felicidade em ser desgraçado… Ela ama-me… eu amo-a… ele morreu há oito anos… já nem lhe falam sequer no nome… Ninguém sabe! ninguém sabe… só ela e eu!

Eduardo Jordão passava agora os dias em uma agitação medonha. Atraía e repelia a imagem de Rute, até que um dia, vencido, escreveu-lhe longamente, amorosamente, disfarçando, sob um manto estrelado de palavras de amor, a irremediável amargura da sua vida. "Que esquecesse o passado... ele amava-a... o tempo apagaria essa ideia, e eles seriam felizes, completamente felizes."

O casamento de Rute alvoroçava a casa. A baronesa ocupava toda a gente, sempre abundante em palavras e detalhes. Só Rute, 5 ainda mais arredia e séria, se encerrava no seu quarto, sem intervir em coisa alguma.

Relia devagar a carta do noivo, em que o perdão que ela não solicitara vinha envolvido em promessas de esquecimento. Esquecimento! como se fosse coisa que se pudesse prometer! 10

A moça, de bruços na cama, com o queixo fincado nas mãos, os olhos parados e brilhantes, bem compreendia isso.

Entraria no lar como uma ovelha batida. O perdão que o noivo lhe mandava revoltava-a. Pedira-lhe ela que lhe narrasse a sua vida dele, as suas faltas, os seus amores extintos? Não teria 15 ele entendido a enormidade do seu sacrifício? Seria cego? seria surdo?... dono de um coração impenetrável e de uma consciência muda? As suas mãos estariam só tão afeitas a carícias que não procurassem estrangulá-la no terrível instante em que ela lhe dissera — eu não sou pura? Ou então por que não a ouvira 20 de joelhos, compenetrado daquele amor, tão grande que assim se desvendava todo?! Ele prometia esquecer! mas no futuro, quando se enlaçassem, não evocariam ambos a lembrança do outro? Talvez que, então, Eduardo a repelisse, a deixasse isolada em seu leito de núpcias, e fugindo para a noite livre fosse chorar 25 lá fora o sonho da sua mocidade...

Sim, a sua noite de núpcias seria uma noite de inferno! Se ele fosse generoso ela adivinharia através da doçura do seu beijo os ressaibos da lembrança do primeiro amante; e quanto maior fosse a paixão, maior seria a raiva e o ciúme. 30

Esquecimento!... sim... talvez, lá para a velhice, quando ambos, frios e calmos, fossem apenas amigos.

Rute pensou em matar-se. Viver na obsessão de uma ideia

humilhante era demais para a sua altivez. Desejou então uma morte suave, que a levasse ao túmulo com a mesma aparência de cecém cândida, de envergonhar a própria sensitiva.

Queria um veneno que a fizesse adormecer sonhando; e quanto dera para que nesse sonho fosse um beijo de Eduardo que lhe pousasse nos lábios!

~

De luto a casa. Ramos e coroas virginais entravam a todo o instante. Quem saberia explicar a morte de Rute? Foram achá-la estendida na cama, já toda fria.

Agora estava entre as duas janelas, na grande sala sombria, espalhando sobre o fumo da essa as suas rendas brancas e o seu fino véu de noiva. Parecia sonhar com o desejado esposo, que ali estava a seu lado, pálido e mudo.

Entravam já para o enterro e foi só então que uma voz disse alto, saindo da penumbra daquela sala antiga:

— Vai ficar com o padrasto, no mesmo jazigo…

Eduardo fixou a porta com doloroso espanto. Estava linda! Na pele alvíssima nem uma sombra. Os cabelos negros, mal atados na nuca, desprendiam-se em uma madeixa abundante, de largas ondas.

— Que! seria ainda para o outro aquele corpo angélico, tão castamente emoldurado nas roupas do noivado? Seria então para o outro aquela mocidade, aquela criatura divina, que deveria ser sua?!

E a mesma voz repetiu:

— Vai ficar com o padrasto…

Com o padrasto, noites e dias… fechados… unidos… sós! Fora para isso que ela se matara, para ir ter com o outro! aquele outro de quem via o esqueleto torcendo-se na cova, de braços estendidos para a conquista da sua amante.

Alucinado, ciumento, Eduardo arrancou então num delírio o véu e as flores de Rute, e inclinando um tocheiro pegou fogo ao pano da essa.

E a todos que acudiram nesse instante pareceu que viam sorrir a morta em um êxtase, como se fosse aquilo que ela desejasse...

A rosa branca

A Magalhães de Azeredo

A viúva do comandante Henriques dizia a toda a gente que, das suas duas netinhas, dava preferência à primeira.

O verdadeiro motivo consistia em ser a neta mais velha extraordinariamente parecida com a família Henriques, enquanto que a mais moça pertencia toda à família do pai, um provinciano feio. Ângela, que era a primeira, recebia continuamente presentes da avó; a outra, a Inez, olhava com melancolia para aquelas doces manifestações de amor, perguntando mentalmente em que desmereceria ela da ternura da mãe de sua mãe.

Acostumaram-se todos com aquela injustiça, menos a pobre Inezinha, que chorava muitas vezes às ocultas.

Com o tempo veio a necessidade de Ângela entrar para um colégio. A avó lamentou-se, tornando-se ainda mais indiferente para a pobre Inez e atirando-lhe para cima todas as culpas; era ela quem quebrava a louça que se sumia do armário; era ela quem fazia enxaquecas à mãe com a bulha dos seus sapatos insuportáveis; era ela quem arrancava as plantas do jardim e quem roubava os doces do guarda-prata; era ela quem batia nos animais, quem riscava os moveis, quem enchia de trapos e de papeis o chão, quem impacientava as criadas e pedia dinheiro às visitas.

Ela era o demônio! e, na sua opinião, seria muito mais sensato mandá-la de preferência para o colégio, como pensionista, e deixar em casa a Ângela, a quem se oferecia para pagar os mestres.

O alvitre não foi bem recebido. E Ângela teve de partir para Itu, lugar escolhido para a sua educação.

Na véspera, à noite, recaindo a conversa sobre assuntos de pressentimentos e de superstições, Ângela teve a fantasia de dizer à avó:

— Olhe, vovó, todas as manhãs há de ver no seu oratório uma rosa branca. Será o meu pensamento que há de vir visitá-la. No dia em que a rosa estiver meio murcha, será um sinal de que eu estou doente; e se ela não aparecer, será porque eu morri!

Do seu canto, Inez observou que o olhar da avó se tornara angustioso. A pobre senhora acreditava em sonhos e em fantasmas; sabia histórias complicadas e extravagantes; coisas extraordinárias que ela queria impor à fé ou à incredulidade dos outros! Já agora, se a rosa branca não surgisse todas as madrugadas aos pés da Virgem das Dores, havia de supor que a sua Angelita tinha ido fazer companhia aos querubins!

E enquanto a sua preferida dizia descuidada e risonha: "Eu estava brincando...", a outra lia-lhe no olhar toda a inquietação e tristeza...

A despedida de Ângela foi dolorosa para o coração da avó; a pobre senhora levou o dia inteiro a chorar, encerrada no quarto, e, quando consentiu em ir ao chá, notaram todos a extraordinária alteração da sua fisionomia. Estava impaciente, frenética, olhando de soslaio para a pobre Inez, com quem várias vezes ralhou sob qualquer pretexto:

— Menina, isso são modos? Tire a mão da mesa!

E continuava depois, voltando-se para uma visita:

— Tanto tem a Angelita de boa, quanto esta tem de mau gênio! Pudera! fazem-lhe todas as vontades! Eu nunca vi!

A mãe acudiu em defesa da filha, e a questão prolongou-se, até que a avó, desesperada, exclamou:

— A outra foi aos onze anos de pensionista para o colégio; pois bem, esta tem nove, e aposto em como nem daqui a três anos irá acompanhar a irmã!

Inez ouvia humilhada e triste aquela troca de palavras, consolando-se com a doçura do olhar da mãe, que caía sobre ela como uma benção.

No seu pequeno quarto, em frente à cama vazia da irmã, Inezinha procurava em vão adormecer. Revolvia-se entre os lençóis, olhava para o teto, onde a luz da lamparina punha sombras, e lembrava-se do olhar da avó, quando a Ângela falara na rosa branca! Ah! por que lhe quereria tanto mal a sua avó? No entanto, procurava fazer-lhe as vontades, e tinha-lhe até muita amizade! Realmente, a Ângela era tão boa, e tão bonita!

Sim, achava natural que a velhinha preferisse a outra... Mas seria razoável que a deprimisse sempre, e assim... diante de gente de fora? Tentava dormir: fechava os olhos e punha-se a rezar:

— *Ave, Maria, cheia de graça*!... E a rosa branca? ah! se a vovó não a encontra no oratório... é capaz de chorar! Fazei, virgem Maria, com que nasça uma rosa branca a vossos pés!

Se fosse eu que estivesse no colégio, a vovó estaria contente! Por que será que não gosta de mim? É verdade que eu lhe tenho feito mal, mas sem ser por vontade... entornei-lhe chá quente na mão... quebrei o seu espelho novo; mas o que com certeza ela não me perdoa, é eu ter batido na Ângela! Coitadinha da Ângela! ela não se queixou... quem teria visto? Mas, se eu não lhe batesse, ela matava o gato da vizinha, e depois? Sim! a vovó tem-me raiva desde esse dia... mas eu tenho dado tantos beijos na Ângela! Pobre da minha irmã, que saudade ela hoje terá da sua caminha...

Apesar dos meus beijos, a amizade da vovó não voltou. Mamãe sempre me diz que não julgue eu isso, que a vovó adora-me! como o saberá? Mas a mamãe não mente; logo que diz, é porque é.

Com as mãozinhas cruzadas sobre o peito, toda envolvida na sua longa camisa de dormir, Inez lutava com a insônia, e, para afastar os pensamentos, recomeçava dizer: *Ave, Maria, cheia de graça, o Senhor é convosco*...

No entanto, antevia as mãos trêmulas da avó, procurando em vão a rosa branca entre as dobras do veludo azul do manto de Nossa Senhora. Depois as lágrimas caindo-lhe as duas pela face engelhada... E tinha pena, e tornava, cheia de fé, a suplicar:

— Virgem Maria! fazei com que nasça uma rosa branca a vossos pés!

A luz da lamparina foi-se tornando pálida, à proporção que os vidros da janela se iam iluminando pela claridade exterior. Inez ergueu-se. Nunca tinha visto amanhecer, mas o seu fito era outro; foi cautelosamente à janela, abriu-a e olhou. Nuvens cor de rosa enovelavam-se sob o céu azul; no alto, mostrava-se a lua, estreita como um fio de luz arqueado, e um pouco abaixo entre-brilhava uma grande estrela esbranquiçada e fria. Inez espreitou o oratório.

— Nada! A lâmpada acesa, bruxuleante, difundia a sua tênue chama sobre um ramo de flores artificiais! Voltou à janela do seu quarto, ao rés do chão; vacilou um momento, mas, armando-se de coragem, saltou-a, e correu para um recanto do jardim.

À hora do almoço, a avó apareceu risonha e tranquila, com o olhar abrandado por uma misteriosa doçura d'alma. Passaram-se dias, durante os quais a pobre senhora achou sempre no seu oratório a prometida rosa branca, que era, a seu ver, a visita do pensamento da adorada netinha! Cada vez mais terna para a ausente, tornava-se mais ríspida para a Inez. A pequenita andava agora mais abatida e magra, chegando a inspirar cuidados à família.

A história da rosa era ignorada por todos; a avó guardava o segredo da *visita* de Ângela, egoisticamente, conservando as rosas, mesmo depois de murchas, num cofrezinho.

Um dia, estavam todos à mesa, quando o jardineiro se foi queixar de que todas as noites ia alguém roubar uma rosa branca a uma das roseiras de mais estimação do jardim!

Da rua não entrava ninguém; aquilo era coisa de gente da casa; pedia providências.

Inez tornou-se rubra; a avó estremeceu, e o dono da casa, um colecionador fanático, prometeu um tiro a quem, sem seu consentimento, lhe arrancasse as rosas do jardim. À noite verificou a existência de um formoso botão. No dia seguinte o botão havia desaparecido!

Aquela persistência exasperou-o. Começaram as indagações. A avó julgou de seu dever intervir, contando o fato que se passava consigo, e aconselhando paciência. Era a mão invisível de um ente sobrenatural e piedoso, que vinha, mensageiro da sua Angelita, trazer-lhe a flor prometida!

Essa revelação desorientou-os. A pessoa era então, evidentemente, de casa, e tão íntima que entrava nos quartos da família! Houve ameaças… Entretanto, a doce rosa branca, aquietadora dos sustos da avó, aparecia todas as manhãs no seu oratório.

As criadas começaram a supor fantasmas, a asseverar que os viam, e de tal forma que a própria Inez entrou de ter medo!

Uma noite deitou-se resolvida a faltar à sua caridosa lembrança; a avó que tivesse paciência e apreensões e lágrimas, — ela não se arriscaria nunca mais para poupar-lhe esses desgostos! E ficou, como na primeira noite, nervosa, imaginando a decepção da velha! Passou por fim ligeiramente pelo sono; acordando, viu tamanha claridade na janela, que supôs ser já dia. Saltou do leito, e, sem meditar, levada pelo hábito, ainda quase a dormir, pulou para o jardim, arrastando na areia a sua camisola branca e magoando no chão os pezinhos descalços.

A lua, em todo o esplendor, espalhava a sua luz aveludada; estava tudo silencioso, silencioso!

Inez, no meio do caminho, ao ar fresco, compreendeu o seu engano: levantara-se alta noite! A bulha dos seus passos naquela solidão horrorizou-a. Ah! era a hora dos fantasmas, e ela não ousava olhar para trás! caminhava sempre, com os lábios secos e os olhos muito abertos! Foi com um movimento nervoso que arrancou da haste a triste flor piedosa, não ousando observá-la, porque, quando à violência do puxão a roseira balançou os seus botões nevados, afigurou-se-lhe ver uma dança macabra improvisada no ar por estranhos e pequeninos espectros! Correu então alucinada para casa, saltou para dentro, e, sem tomar as precauções do costume, entrou no oratório precipitadamente e atirou aos pés da Virgem a doce rosa branca, murmurando ao mesmo tempo, com a voz alterada pelo medo:

"Salve, Rainha... Mãe de misericórdia...vida e doçura... esperança nossa!"...

Não acabou. Transida de medo e de frio, cairia no chão... se dois braços não a amparassem meigamente.

5 Eram os braços da avó, que a cobria de beijos, repetindo-lhe:

— Como tu és boa, minha adorada Inez! como tu és boa!

Os porcos

A Artur Azevedo

Quando a cabocla Umbelina apareceu grávida, o pai moeu-a de surras, afirmando que daria o neto aos porcos para que o comessem.

O caso não era novo, nem a espantou, e que ele havia de cumprir a promessa, sabia-o bem. Ela mesma, lembrava-se, encontrara uma vez um braço de criança entre as flores douradas do aboboral. Aquilo, com certeza, tinha sido obra do pai.

Todo o tempo da gravidez pensou, numa obsessão crudelíssima, torturante, naquele bracinho nu, solto, frio, resto dum banquete delicado, que a torpe voracidade dos animais esquecera por cansaço e enfartamento.

Umbelina sentava-se horas inteiras na soleira da porta, alisando com um pente vermelho de celuloide o cabelo negro e corredio. Seguia assim, preguiçosamente, com olhar agudo e vagaroso, as linhas do horizonte, fugindo de fixar os porcos, aqueles porcos malditos, que lhe rodeavam a casa desde manhã até a noite.

Via-os sempre ali, arrastando no barro os corpos imundos, de pelo ralo e banhas descaídas, com o olhar guloso luzindo sob a pálpebra mole, e o ouvido encoberto pela orelha chata, no egoísmo brutal de concentrar em si toda a atenção. Os leitões vinham por vezes, barulhentos e às cambalhotas, envolverem-se na sua saia, e ela sacudia-os de nojo, batendo-lhes com os pés, dando-lhes com força. Os porcos não a temiam, andavam perto, fazendo desaparecer tudo diante da sofreguidão dos seus focinhos rombudos e móveis, que iam e vinham grunhindo, babosos, hediondos, sujos da lama em que se deleitavam, ou alourados pelo pó do milho, que estava para ali aos montes, flavescendo ao sol.

Ah! os porcos eram um bom sumidouro para os vícios do caboclo! Umbelina execrava-os e ia pensando no modo de acabar com o filho d'uma maneira menos degradante e menos cruel.

Guardar a criança... mas como? O seu olhar interrogava em vão o horizonte frouxelado de nuvens.

O amante, filho do patrão, tinha-a posto de lado... diziam até que ia casar com outra! Entretanto achavam-na todos bonita, no seu tipo de índia, principalmente aos domingos, quando se enfeitava com as maravilhas vermelhas, que lhe davam colorido à pele bronzeada e a vestiam toda com um cheiro doce e modesto...

Eram duas horas da madrugada, quando a Umbelina entreabriu um dia a porta da casa paterna e se esgueirou para o terreiro.

Fazia luar; todas as coisas tinham um brilho suavíssimo. A água do monjolo caía em gorgolões soluçados, flanqueando o rancho de sapê, e correndo depois em fio luminoso e trêmulo pela planície fora. Flores de gabiroba e de esponjeira brava punham lençóis de neve na extensa margem do córrego; todas as ervas do mato cheiravam bem. Um galo cantava perto, outro respondia mais longe, e ainda outro, e outro... até que as vozes dos últimos se confundiam na distância com os mais leves rumores noturnos.

Umbelina afastou com mão febril o xale que a envolvia, e, descobrindo a cabeça, investigou com olhar sinistro o céu profundo.

Onde se esconderia o grande Deus, divinamente misericordioso, de quem o padre falava na missa do arraial em termos que ela não atingia, mas que a faziam estremecer?

Ninguém pode fugir ao seu destino, diziam todos; estaria então escrito que a sua sorte fosse essa que o pai lhe prometia — de matar a fome aos porcos com a carne da sua carne, o sangue do seu sangue?!

Essas coisas rolavam-lhe pelo espírito, indeterminadas e confusas. A raiva e o pavor do parto estrangulavam-na. Não queria bem ao filho, odiava nele o amor enganoso do homem que a seduzira. Matá-lo-ia, esmagá-lo-ia mesmo, mas lançá-lo aos porcos… isso nunca! E voltava-lhe à mente, num arrepio, aquele bracinho solto, que ela tivera entre os dedos indiferentes, na sua bestialidade de cabocla matuta.

O céu estava limpo, azul, um céu de janeiro, quente, vestido de luz, com a sua estrela Vésper enorme e diamantina, e a lua muito grande, muito forte, muito esplendorosa!

A cabocla espreitou com olho vivo para os lados da roça de milho, onde ao seu ouvido agudíssimo parecera sentir uma bulha cautelosa de pés humanos; mas não veio ninguém, e ela, abrasada, arrancou o xale dos ombros e arrastou-o no chão, segurando-o com a mão, que as dores do parto crispavam convulsivamente. O corpo mostrou-se disforme, mal resguardado por uma camisa de algodão e uma saia de chita. Pelos ombros estreitos agitavam-se as pontas do cabelo negro e luzidio; o ventre pesado, muito descaído, dificultava-lhe a marcha, que ela interrompia amiúde para respirar alto, ou para agachar-se, contorcendo-se toda.

A sua ideia era ir ter o filho na porta do amante, matá-lo ali, nos degraus de pedra, que o pai havia de pisar de manhã, quando descesse para o passeio costumado.

Uma vingança doida e cruel aquela, que se fixara havia muito no seu coração selvagem.

A criança tremia-lhe no ventre, como se pressentisse que entraria na vida para entrar no túmulo, e ela apressava os passos nervosamente por sobre as folhas da trapoeraba maninha.

Ai! iam ver agora quem era a cabocla! Desprezavam-na? Riam-se dela? Deixavam-na à toa, como um cão sem dono? Pois que esperassem! E ruminava o seu plano, receando esquecer alguma minúcia…

Deixaria a criança viver alguns minutos, fá-la-ia mesmo chorar, para que o pai lá dentro, entre o conforto do seu colchão de paina, que ela desfiara cuidadosamente, lhe ouvisse os vagidos débeis e os guardasse sempre na memória, como um remorso.

Ela estava perdida. Em casa não a queriam; a mãe renegava-a, o pai batia-lhe, o amante fechava-lhe as portas… e Umbelina praguejava alto, ameaçando de fazer cair sobre toda a gente a cólera divina!

O luar com a sua luz brancacenta e fria iluminava a triste caminhada daquela mulher quase nua e pesadíssima, que ia golpeada de dores e de medo através dos campos. Umbelina ladeou a roça de milho, já seca, muito amarelada, e que estalava ao contato do seu corpo mal firme; passou depois o grande canavial, dum verde-d'água que o luar enchia de doçura e que se alastrava pelo morro abaixo, até lá perto do engenho, na esplanada da esquerda. Por entre as canas houve um rastejar de cobras, e ergueu-se da outra banda, na negrura do mandiocal, um voo fofo, de ave assustada. A cabocla benzeu-se e cortou direito pelo terreno mole do feijoal ainda novo, esmagando sob as solas dos pés curtos e trigueiros as folhinhas tenras da planta ainda sem flor. Depois abriu lá em cima a cancela, que gemeu prolongadamente nos movimentos de ida e de volta, com que ela a impeliu para diante e para trás. Entrou no pasto da fazenda. Uma grande mudez por todo o imenso gramado. O terreno descia numa linha suave até o terreiro da habitação principal, que aparecia ao longe num ponto-branco. A cabocla abaixou-se tolhida, suspendendo o ventre com as mãos.

Toda a sua energia ia fugindo, espavorida com a dor física, que se aproximava em contrações violentas. A pouco e pouco os nervos distenderam-se, e o quase bem-estar da extenuação fê-la deixa-se ficar ali, imóvel, com o corpo na terra e a cabeça erguida para o céu tranquilo. Uma onda de poesia invadiu-a toda: eram os primeiros enleios da maternidade, a pureza inolvidável da noite, a transparência lúcida dos astros, os sons quase imperceptíveis e misteriosos, que lhe pareciam vir de longe, de muito alto, como um eco fugitivo da música dos anjos, que diziam haver no céu…

Umbelina sentia uma grande ternura tomar-lhe o coração, subir-lhe aos olhos. Não a sabia compreender e deixava-se ir naquela vaga sublimemente piedosa e triste…

Súbito, sacudiu-a uma dor violenta, que a tomou de assalto, obrigando-a a cravar as unhas no chão. Aquela brutalidade fê-la praguejar e erguer-se depois raivosa e decidida. Tinha de atravessar todo o comprido pasto, a margem do lago e a orla do pomar, antes de cair na porta do amante.

Foi; mas as forças diminuíam e as dores repetiam-se cada vez mais próximas.

Lá embaixo aparecia já a chapa branca, batida do luar, das paredes da casa.

A roceira ia com os olhos fitos nessa luz, apressando os passos cansados. O suor caía-lhe em bagas grossas por todo o corpo, ao tempo que as pernas se lhe vergavam ao peso da criança.

No meio do pasto, uma figueira enorme estendia os braços sombrios, pondo uma mancha negra em toda aquela extensão de luz. A cabocla quis esconder-se ali, cansada da claridade, com medo de si mesma, dos pensamentos pecaminosos que tumultuavam no seu espírito e que a lua santa e branca parecia penetrar e esclarecer. Ela alcançou a sombra com passadas vacilantes; mas os pés inchados e dormentes já não sentiam o terreno e tropeçavam nas raízes de árvores, muito estendidas e salientes no chão. A cabocla caiu de joelhos, amparando-se para a frente nas mãos espalmadas. O choque foi rápido e as últimas dores do parto vieram tolhê-la. Quis reagir ainda e levantar-se, mas já não pôde, e furiosa descerrou os dentes, soltando os últimos e agudíssimos gritos da expulsão.

Um minuto depois a criança chorava sufocadamente. A cabocla então arrancou com os dentes o cordão da saia e, soerguendo o corpo, atou com firmeza o umbigo do filho, e enrolou-o no xale, sem olhar quase para ele, com medo de o amar...

Com medo de o amar!... No seu coração de selvagem desabrochava timidamente a flor da maternidade. Umbelina levantou-se a custo com o filho nos braços. O corpo esmagado de dores, que lhe parecia esgarçarem-lhe as carnes, não obedecia à sua vontade. Lá embaixo a mesma chapa de luz alvacenta acenava-lhe, chamando-a para a vingança ou para o amor. Julgava agora que, se batesse àquelas janelas e chamasse o amante, ele viria comovido e trêmulo beijar o seu primeiro filho. Aventurou-se em passadas custosas a seguir o seu caminho, mas voltaram-lhe depressa as dores e, sentindo-se esvair, sentou-se na grama para descansar. Descobriu então a meio o corpo do filho: achou-o branco, achou-o bonito, e num impulso de amor beijou-o na boca. A criança moveu logo os lábios na sucção dos recém-nascidos e ela deu-lhe o peito. O pequenino puxava inutilmente, a cabocla não tinha alento, a cabeça pendia-lhe numa vertigem suave, veio-lhe depois outra dor, os braços abriram-se-lhe, e ela caiu de costas.

A lua sumia-se, e os primeiros alvores da aurora tingiam dum róseo dourado todo o horizonte. Em cima o azul carregado da noite mudava para um violeta transparente, esbranquiçado e diáfano. Foi no meio daquela doce transformação da luz que Umbelina mal distinguiu um vulto negro, que se aproximava lentamente, arrastando no chão as mamas pelancosas, com o rabo fino, arqueado, sobre as ancas enormes, o pelo hirto, irrompendo raro da pele escura e rugosa, e o olhar guloso, estupidamente fixo: era uma porca.

Umbelina sentiu-a grunhir, viu confusamente os movimentos repetidos do seu focinho trombudo, gelatinoso, que se arregaçava, mostrando a dentuça amarelada, forte. Um sopro frio correu por todo o corpo da cabocla, e ela estremeceu ouvindo um gemido doloroso, dolorosíssimo, que se cravou no seu coração aflito. Era do filho! Quis erguer-se, apanhá-lo nos braços, defendê-lo, salvá-lo... mas continuava a esvair-se, os olhos mal se abriam, os membros lassos não tinham vigor, e o espírito mesmo perdia a noção de tudo.

Entretanto, antes de morrer, ainda viu, vaga, indistintamente, o vulto negro e roliço da porca, que se afastava com um montão de carne pendurado nos dentes, destacando-se isolada e medonha naquela imensa vastidão cor-de-rosa.

A caolha

A Eva Canel

A caolha era uma mulher magra, alta, macilenta, peito fundo, busto arqueado, braços compridos, delgados, largos nos cotovelos, grossos nos pulsos; mãos grandes, ossudas, estragadas pelo reumatismo e pelo trabalho; unhas grossas, chatas e cinzentas, cabelo crespo, de uma cor indecisa entre o branco sujo e o loiro grisalho, desses cabelos cujo contato parece dever ser áspero e espinhento; boca descaída, numa expressão de desprezo, pescoço longo, engelhado, como o pescoço dos urubus; dentes falhos e cariados.

O seu aspecto infundia terror às crianças e repulsão aos adultos; não tanto pela sua altura e extraordinária magreza, mas porque a desgraçada tinha um defeito horrível: haviam-lhe extraído o olho esquerdo; a pálpebra descera mirrada, deixando contudo, junto ao lacrimal, uma fístula continuamente porejante.

Era essa pinta amarela sobre o fundo denegrido da olheira, era essa destilação incessante de pus que a tornava repulsa aos olhos de toda a gente.

Morava numa casa pequena, paga pelo filho único, operário numa oficina de alfaiate; ela lavava roupa para os hospitais e dava conta de todo o serviço da casa, inclusive cozinha. O filho, enquanto era pequeno, comia os pobres jantares feitos por ela, às vezes até no mesmo prato; à proporção que ia crescendo, ia-se-lhe a pouco e pouco manifestando na fisionomia a repugnância por essa comida; até que um dia, tendo já um ordenadozinho, declarou à mãe que, por conveniência do negócio, passava a comer fora...

Ela fingiu não perceber a verdade, e resignou-se.

Daquele filho vinha-lhe todo o bem e todo o mal.

Que lhe importava o desprezo dos outros, se o seu filho adorado lhe apagasse com um beijo todas as amarguras da existência?

Um beijo dele era melhor que um dia de sol, era a suprema carícia para o seu triste coração de mãe! Mas... os beijos foram escasseando também, com o crescimento do Antonico! Em criança ele apertava-a nos bracinhos e enchia-lhe a cara de beijos; depois, passou a beijá-la só na face direita, aquela onde não havia vestígios de doença; agora, limitava-se a beijar-lhe a mão!

Ela compreendia tudo e calava-se. O filho não sofria menos.

Quando em criança entrou para a escola pública da freguesia, começaram logo os colegas, que o viam ir e vir com a mãe, a chamá-lo — o filho da caolha.

Aquilo exasperava-o; respondia sempre:

— Eu tenho nome!

Os outros riam-se e chacoteavam-no; ele queixava-se aos mestres, os mestres ralhavam com os discípulos, chegavam mesmo a castigá-los, — mas a alcunha pegou. Já não era só na escola que o chamavam assim.

Na rua, muitas vezes, ele ouvia de uma ou de outra janela dizerem: Olha o filho da caolha! Lá vai o filho da caolha! Lá vem o filho da caolha!

Eram as irmãs dos colegas, meninas novas, inocentes e que, industriadas pelos irmãos, feriam o coração do pobre Antonico cada vez que o viam passar!

As quitandeiras, onde ia comprar as goiabas ou as bananas para o *lunch*, aprenderam depressa a denominá-lo como os outros, e, muitas vezes, afastando os pequenos que se aglomeravam ao redor delas, diziam, estendendo uma mancheia de araçás, com piedade e simpatia:

— *Taí*, isso é pra *o filho da caolha*!

O Antonico preferia não receber o presente a ouvi-lo acompanhar de tais palavras; tanto mais que os outros, com inveja, rompiam a gritar, cantando em coro, num estribilho já combinado:

— Filho da caolha, filho da caolha!

O Antonico pediu à mãe que o não fosse buscar à escola; e, muito vermelho, contou-lhe a causa: sempre que a viam aparecer à porta do colégio os companheiros murmuravam injúrias, piscavam os olhos para o Antonico e faziam caretas de náuseas!

A caolha suspirou e nunca mais foi buscar o filho.

Aos onze anos o Antonico pediu para sair da escola: levava a brigar com os condiscípulos, que o intrigavam e malqueriam. Pediu para entrar para uma oficina de marceneiro. Mas na oficina de marceneiro aprenderam depressa a chamá-lo — o filho da caolha, e a humilhá-lo, como no colégio.

Além de tudo, o serviço era pesado e ele começou a ter vertigens e desmaios. Arranjou então um lugar de caixeiro de venda; os seus ex-colegas agrupavam-se à porta, insultando-o, e o vendeiro achou prudente mandar o caixeiro embora, tanto mais que a rapaziada ia-lhe dando cabo do feijão e do arroz expostos à porta nos sacos abertos! Era uma contínua saraivada de cereais sobre o pobre Antonico!

Depois disso passou um tempo em casa, ocioso, magro, amarelo, deitado pelos cantos, dormindo às moscas, sempre zangado e sempre bocejante! Evitava sair de dia e nunca, mas nunca, acompanhava a mãe; esta poupava-o: tinha medo que o rapaz, num dos desmaios, lhe morresse nos braços, e por isso nem sequer o repreendia! Aos dezesseis anos, vendo-o mais forte, pediu e obteve-lhe a caolha um lugar numa oficina de alfaiate. A infeliz mulher contou ao mestre toda a história do filho e suplicou-lhe que não deixasse os aprendizes humilhá-lo; que os fizesse terem caridade!

Antonico encontrou na oficina uma certa reserva e silêncio da parte dos companheiros; quando o mestre dizia: sr. Antonico, ele percebia um sorriso mal oculto nos lábios dos oficiais; mas a pouco e pouco essa suspeita ou esse sorriso se foi desvanecendo, até que principiou a sentir-se bem ali.

Decorreram alguns anos e chegou a vez do Antonico se apaixonar.

Até aí, numa ou noutra pretensão de namoro que ele tivera, encontrara sempre uma resistência que o desanimava, e que o fazia retroceder sem grandes mágoas. Agora, porém, a coisa era diversa: ele amava! amava como um louco a linda moreninha da esquina fronteira, uma rapariguinha adorável, de olhos negros como veludo e boca fresca como um botão de rosa. O Antonico voltou a ser assíduo em casa e expandia-se mais carinhosamente com a mãe; um dia, em que viu os olhos da morena fixarem os seus, entrou como um louco no quarto da caolha e beijou-a mesmo na face esquerda, num transbordamento de esquecida ternura!

Aquele beijo foi para a infeliz uma inundação de júbilo! tornava a encontrar o seu querido filho! pôs-se a cantar toda a tarde, e nessa noite, ao adormecer, dizia consigo:

— Sou muito feliz... o meu filho é um anjo!

Entretanto, o Antonico escrevia, num papel fino, a sua declaração de amor à vizinha. No dia seguinte mandou-lhe cedo a carta. A resposta fez-se esperar. Durante muitos dias o Antonico perdia-se em amargas conjeturas.

Ao princípio pensava:

"É o pudor". Depois começou a desconfiar de outra causa; por fim recebeu uma carta em que a bela moreninha confessava consentir em ser sua mulher, se ele se separasse completamente da mãe! Vinham explicações confusas, mal alinhavadas: lembrava a mudança de bairro; ele ali era muito conhecido por *filho da caolha*, e bem compreendia que ela não se poderia sujeitar a ser alcunhada em breve de — *nora da caolha*, ou coisa semelhante!

O Antonico chorou. Não podia crer que a sua casta e gentil moreninha tivesse pensamentos tão práticos!

Depois o seu rancor voltou-se para a mãe.

Ela era a causadora de toda a sua desgraça! Aquela mulher perturbara a sua infância, quebrava-lhe todas as carreiras, e agora o seu mais brilhante sonho de futuro sumia-se diante dela!

Lamentava-se por ter nascido de mulher tão feia, e resolveu

procurar meio de separar-se dela; considerar-se-ia humilhado continuando sob o mesmo teto; havia de protegê-la de longe, vindo de vez em quando vê-la, à noite, furtivamente…

Salvava assim a responsabilidade do protetor e, ao mesmo tempo, consagraria à sua amada a felicidade que lhe devia em troca do seu consentimento e amor…

Passou um dia terrível; à noite, voltando para a casa, levava o seu projeto e a decisão de o expor à mãe.

A velha, agachada à porta do quintal, lavava umas panelas com um trapo engordurado. O Antonico pensou: "A dizer a verdade eu havia de sujeitar minha mulher a viver em companhia de… uma tal criatura?" Estas últimas palavras foram arrastadas pelo seu espírito com verdadeira dor. A caolha levantou para ele o rosto, e o Antonico, vendo-lhe o pus na face, disse:

— Limpe a cara, mãe…

Ela sumiu a cabeça no avental; ele continuou:

— Afinal, nunca me explicou bem a que é devido esse defeito!

— Foi uma doença, respondeu sufocadamente a mãe: é melhor não lembrar isso!

— É sempre a sua resposta; é melhor não lembrar isso! Por quê?!

— Porque não vale a pena; nada se remedeia…

— Bem! agora escute: trago-lhe uma novidade: o patrão exige que eu vá dormir na vizinhança da loja… já aluguei um quarto: a senhora fica aqui e eu virei todos os dias saber da sua saúde ou se tem necessidade de alguma coisa… É por força maior; não temos remédio senão sujeitar-nos !…

Ele, magrinho, curvado pelo hábito de costurar sobre os joelhos, delgado e amarelo como todos os rapazes criados à sombra das oficinas, onde o trabalho começa cedo e o serão acaba tarde, tinha lançado naquelas palavras toda a sua energia, e espreitava agora a mãe com olho desconfiado e medroso.

A caolha levantou-se, e, fixando o filho com uma expressão terrível, respondeu com doloroso desdém:

— Embusteiro! o que você tem é vergonha de ser meu filho! Saia! que eu também já sinto vergonha de ser mãe de semelhante ingrato!

O rapaz saiu cabisbaixo, humilde, surpreso da atitude que assumira a mãe, até então sempre paciente e cordata; ia com medo, maquinalmente, obedecendo à ordem que tão feroz e imperativamente lhe dera a caolha.

Ela acompanhou-o, fechou com estrondo a porta, e, vendo-se só, encostou-se cambaleante à parede do corredor e desabafou em soluços.

O Antonico passou uma tarde e uma noite de angústia.

Na manhã seguinte o seu primeiro desejo foi voltar a casa; mas não teve coragem: via o rosto colérico da mãe, faces contraídas, lábios adelgaçados pelo ódio, narinas dilatadas, o olho direito saliente, a penetrar-lhe até o fundo do coração, o olho esquerdo arrepanhado, murcho — e sujo de pus; via a sua atitude altiva, o seu dedo ossudo, de falanges salientes, apontando-lhe com energia a porta da rua; sentia-lhe ainda o som cavernoso da voz, e o grande fôlego que ela tomara para dizer as verdadeiras e amargas palavras que lhe atirara ao rosto; via toda a cena da véspera e não se animava a arrostar com o perigo de outra semelhante.

Providencialmente, lembrou-se da madrinha, única amiga da caolha, mas que, entretanto, raramente a procurava.

Foi pedir-lhe que interviesse, e contou-lhe sinceramente tudo que houvera.

A madrinha escutou-o comovida; depois disse:

— Eu previa isso mesmo, quando aconselhava tua mãe a que te dissesse a verdade inteira; ela não quis, aí está!

— Que verdade, madrinha?!

— Hei de dizer-te perto dela; anda, vamos lá!

Encontraram a caolha a tirar umas nódoas do fraque do filho, — queria mandar-lhe a roupa limpinha. A infeliz arrependera-se das palavras que dissera e tinha passado toda a noite à janela, esperando que o Antonico voltasse ou passasse apenas… via o porvir negro e vazio e já se queixava de si! Quando a amiga e o filho entraram, ela ficou imóvel: a surpresa e a alegria amarraram-lhe toda a ação.

A madrinha do Antonico começou logo:

— O teu rapaz foi suplicar-me que te viesse pedir perdão pelo que houve aqui ontem, e eu aproveito a ocasião para, à tua vista, contar-lhe o que já deverias ter-lhe dito!

— Cala-te! murmurou com voz apagada a caolha.

— Não me calo tal! Essa pieguice é que te tem prejudicado! Olha, rapaz! quem cegou tua mãe foste tu!

O afilhado tornou-se lívido; e ela concluiu:

— Ah, não tiveste culpa! eras muito pequeno quando, um dia, ao almoço, levantaste na mãozinha um garfo; ela estava distraída, e antes que eu pudesse evitar a catástrofe, tu enterraste-lho pelo olho esquerdo!

Ainda tenho no ouvido o grito de dor que ela deu!

O Antonico caiu pesadamente de bruços, com um desmaio; a mãe acercou-se rapidamente dele, murmurando trêmula:

— Pobre filho! vês? era por isto que eu não lhe queria dizer nada!

Incógnita

— O senhor conheceu-a?

— Talvez...

— Era ainda moça...

— Parece...

— Ninguém a reconheceu?

— Ninguém... Faz-me o favor do seu fogo?

— Pois não...

Houve uma pausa; e, enquanto um dos interlocutores, o que perguntava, examinava com interesse o interior do necrotério, o outro ia acendendo muito pachorrentamente o seu cigarro.

Em frente deles, sobre o mármore branco de uma das quatro mesas, estava o cadáver de uma mulher.

Um vento salitroso espalhava a umidade do dia torvo, peneirado de cinzas.

No seu nicho, sobre fundo azul, a Virgem da Piedade sustendo nos joelhos o corpo inerte do Filho, parecia evocar a sua agonia como um exemplo de dor corajosa.

O cadáver estava inchado pela absorção da água. Os cabelos curtos empastavam-se-lhe no crânio sujo de areia e de partículas de algas. Os olhos entreabertos pareciam, na sua névoa glacial, feitos da água que os havia apagado e coagulado em dois grandes glóbulos opacos, engrandecidos pelo pavor da onda...

— Como a Morte transfigura...

O outro comentou:

— Se estivesse como eu acostumado a isto já se não impressionaria assim. Vá-se embora... está pálido, não convém abusar de uma impressão nervosa...

— O senhor?

— Sou estudante de Medicina…

O outro, que talvez tivesse conhecido a morte… quem lhe diria? saiu para a rua com ar despreocupado, pensando talvez no almocinho quente, e no vinho leve; este, ao contrário, tremia, sentia a palma das mãos úmidas como se as tivesse passeado sobre a carne mole da defunta e um cheiro de cadáver e de ácido fênico em tudo: na rua, no lenço, no fato, no ar…

Foi todo um dia de sofrimento e de obsessão doentia. Não pôde engolir bocados que lhe não viessem náuseas, não conseguiu pousar a vista em nenhum rosto de mulher bonita que não estremecesse pela visão da afogada, não andava para o seu trabalho e para os seus negócios que não lhe parecesse tropeçar no corpo entumecido da morta desconhecida. Por que, por que, mas por quê?

Querendo reagir, procurou em vão entreter o espírito, arejá-lo com outras ideias. Afinal, não fora por causa dele que aquela mulher se matara! Depois, não lia ele todas as manhãs, já sem abalo à força do costume, tantas notícias de crimes, tão dolorosas revelações nos jornais? Por que haveria agora este fato de o impressionar mais que tantos outros? Então, só porque os seus olhos tinham visto aquele corpo imundo, já a sua impassibilidade dava lugar a uma tamanha vibração nervosa? Sem saber como, sem saber por quê, começou a reconstituir aquela vida desconhecida: — virgem deixara a família, a sociedade, tudo, para fugir com o homem que a fascinara. Dias de sol, noites de luar, meses de alucinação, e cada vez o seu amor era mais veemente e a sua felicidade mais irradiante… até que, pouco a pouco, principiou a sentir arrefecerem-se os beijos do amante, a compreender as suas ausências, a sentir a sua indiferença. A explicação viera: amava outra, ia casar-se com outra, estava tudo acabado.

Bastaria isso para fazer morrer uma mulher moça, com tantos dias de vida ainda diante de si?!

Girando pelas ruas, na sua lida costumeira ele encontrou amigos que lhe contaram casos a que sorriu por condescendência; e, andando, negou esmolas aos pobres mais impressionadores; resvalou com indiferença o olhar por fisionomias mortificadas; viu sem emoção passar os estrepitosos carros da assistência pública; e com igual frieza assistiu ao despejo de um lar onde havia berços e encontrou fechadas, por falência, as portas de uma antiga firma da cidade. Mas ao voltar para casa parou de novo no necrotério. Concordava que era uma estupidez, mas não pôde resistir.

A morta já lá não estava.

— Reconheceram-na?

— Não, senhor. Foi sozinha para o cemitério.

— Antes a tivessem deixado no mar...

— Mais valia...

Tinham posto o ponto final sobre uma existência humana. Quem fora? que lhe importava...?

Não lhe importava, mas consultou ainda as suas reminiscências:

Como o outro dissera, também ele talvez a tivesse conhecido... Borboleta do amor, ela teria talvez adejado numa hora fugitiva sobre a sua existência de homem...

Levantou os ombros, e seguiu o seu caminho sem compreender que, se pensava tanto nela, era exatamente porque ela não representava para ele mais do que o mistério da incógnita...

A morte da velha

A Presciliana Duarte de Almeida

Cabelos brancos, finos, em bandós; rosto redondo, amolecido, sulcado por muitas linhas fundas; olhos azuis, caridosos e transparentes como as pupilas das crianças; corpo pesado, grosso, baixo e curvado; pés e mãos inchados, pernas paralíticas — tal era a velhinha cuja vida deslizara entre sacrifícios, que ela, na sua crença de religiosa, espera ver transformados em flores no céu!

Muito surda, mas extraordinariamente bondosa e ativa, ela não parava de trabalhar, na sua grande cadeira de rodas, recortando papéis para as confeitarias. Os recursos eram minguados: o irmão, desde que se mudara para aquele sobrado da rua do Hospício, não lhe dava vintém, e ainda se queixava de ter de sustentar tantas bocas.

Só filhas quatro, de mais a mais doentes e pouco jeitosas. Só uma bonita, a última, e essa era também a de melhor gênio, talvez por mais esperançada no futuro. Mãe não tinham, e fora a velha, tia Amanda, quem tivera com elas todo o trabalho da criação, bem como já tinha tido com o irmão. Estava afeita. Afeita, mas cansada.

O irmão, empregado público, era viúvo, mal-humorado e envelhecido precocemente. A esse tinha ela criado nos braços, desde os mais tenros meses; fora para ele uma segunda mãe. Quantas vezes contava às sobrinhas as travessuras do seu pequeno Luciano, que aí estava agora tristonho, achacado e impertinente!

E ela gozava relatando os episódios da meninice dele: os caprichos que lhe satisfazia para o não ver chorar, as horas que perdia do sono para o embalar nos braços, os sustos com as doenças e as quedas, e uma noite que passara em claro para fazer um trajo de anjo com que Lucianinho foi à procissão do Corpo de Deus.

— Nesse tempo o vigário do Engenho…

Mas as sobrinhas interrompiam-na: queriam saber como era o vestido, esforçando-se por imaginar a figura do pai, agora tão enrugado e taciturno, com seis anos apenas e vestidinho de anjo!

A velha satisfazia-lhes a curiosidade com um sorriso de gosto: era um vestidinho salpicado de lentejoulas e guarnecido de rendas. Nada faltara ao irmão, — nem a cabeleira em cachos, com o seu grande diadema cheio de pedrarias, alto na frente, em bico; nem as asas de penas brancas, entre as quais pusera um ramo de flores do campo, em tufos de filó; nem as meias arrendadas, e os sapatos de cetim branco com uma roseta azul, nem as pulseiras, o colar, o lenço guarnecido de rendas, cuja extremidade ele oferecera graciosamente a outro anjo que ia a seu lado, no mesmo passo. As sobrinhas ouviam-na rindo e faziam-na repetir certas travessuras do pai, a que elas achavam muita graça, mas que lhes pareciam absurdas. Custava-lhes a crer que o pai, tão sisudo, tivesse feito aquilo; mas a tia afirmava-lhes tudo com segurança, mesmo diante dele, que não protestava, e elas ficavam satisfeitas, tendo com as antigas maldades do pai como que uma desculpa para as suas.

Entretanto, tia Amanda não parava de trabalhar; cosia as meias de toda a gente de casa, cortava papéis de balas para uma vizinha doceira e rendas para os pudins das confeitarias.

Ganhava pouco, e esse pouco dava-o, tão habituada estava desde moça a trabalhar para os outros.

A pouco e pouco a pobre velhinha foi também perdendo a memória: confundia datas, relatava atrapalhadamente os fatos; a sua tesourinha já se não movia com tanta delicadeza, as mãos tornaram-se-lhe mais pesadas, a vista enfraqueceu; os pontos nas meias já não formavam o mesmo xadrezinho chato e igual, e o serviço das confeitarias começou a escassear até que lhe faltou completamente.

Nesse dia a pobrezinha chorou. O irmão não lhe dava nada… como poderia ela socorrer as desgraçadas que até então protegera?

No fim do mês lá foram ter com ela a viúva pobre dos sete filhos e a comadre tísica. A velha não teve coragem de lhes contar a verdade; corou… e prometeu mandar-lhes no outro dia alguma coisa. E no outro dia mandava o que a casa de penhores lhe dera pelo seu relógio antigo, e que ela tinha destinado para a primeira sobrinha que casasse.

Mas a história do relógio foi depressa sabida pela gente de casa.

As filhas de Luciano contaram ao pai, indignadas, que a tia o expunha ao ridículo, mandando empenhar coisas, como se não tivesse que comer em casa! O Luciano ouviu-as, mordendo o bigode branco, com a indignação das filhas a refletir-se-lhe nos olhos. Foi imediatamente falar à irmã. Achou-a cosendo na sua cadeira de rodas, os óculos caídos sobre o nariz, a cabeça pendida.

Vendo-o, ela sorriu-se. Ele perguntou-lhe num tom azedado pelo seu mau fígado:

— Então? é verdade que você mandou empenhar o seu relógio de ouro?

— É, respondeu ela na sua costumada placidez.

— Mas eu não quero isso! Hão de pensar lá fora que não lhe dou de comer! Tome cuidado! A velha estremeceu, e nos seus olhos azuis brilhou, fugitiva, uma expressão dolorosa.

Tome cuidado! Quantas vezes dissera ela aquelas mesmas palavras ao Lucianinho, nos velhos tempos! Dizia-lhas com meiguice, alisando-lhe os cabelos, ou entre dois beijos: — "Olha meu filho, toma cuidado! não te exponhas ao sol… não comas frutas verdes! estuda bem as lições… Toma cuidado contigo, meu amor!"

E eram quase súplicas aqueles conselhos!

E aí estava agora o Luciano a dizer-lhe colérico e brutalmente as mesmas palavras! E ela curvava a cabeça ao irmão, e obedecia-lhe, e temia-o! ela, que o criara desde pequenino, que por causa dele perdera um casamento, que por causa dele se tinha sempre sacrificado! Era duro, mas era assim. Há sempre mais paciência para as maldades de uma criança, do que para as rabugices de um velho! Reconhecia isso e calava-se. "Luciano é doente, pensava ela, e é por isso que me trata com tão mau humor! É doença, não é ruindade de coração… Se ele foi sempre tão bom! Aquilo há de passar."

No fim do mês a questão estava esquecida, e a velha recebeu a visita da comadre tísica e da viúva pobre. Não tinha um vintém, e resolvera dizer isso mesmo às suas protegidas; mas exatamente nessa ocasião a tísica mostrou-lhe uma receita do médico, tossindo a cada palavra, com a mão espalmada no peito; e a viúva levou-lhe pela primeira vez o filho mais novo, um lindo menino de olhos azuis e de cabelos loiros.

A velha enterneceu-se e prometeu mandar no dia seguinte *alguma coisa*, tanto a uma como a outra.

Nessa mesma tarde disse ao Luciano, muito constrangida:

— Hoje vieram cá aquelas pobres… Coitadas! custa-me tanto não lhes dar esmola… se você me pudesse emprestar… é pouca coisa, bem vê…

— Acha muito o que eu ganho? não se lembra que mal me dá o ordenado para sustentar as quatro filhas e a nós?

E como ela lhe explicasse a precária situação das duas mulheres:

— Ora, a viúva que empregue os filhos mais velhos e ponha os outros em asilos; e quanto à tísica…

— Se eu tivesse vinte anos de menos, não te pediria isto, Luciano! Lembra-te bem!

Mas o Luciano não se lembrou!

Ela quis referir-se ao tempo em que o ajudava trabalhando para fora, cuidando-lhe dos filhos, indo muitas vezes para a cozinha, e deitando-se fora de horas para lhe engomar as camisas… quis referir-se, mas envergonhou-se, e disse de si para si:

— Aquilo é doença; não é *ruindade* de coração!

No entanto, o seu bom Lucianinho e as filhas comentavam entre si a caduquice da velha. E, realmente, desde aquele dia, a paralítica decaiu muito; incomodava toda a gente. Era preciso levá-la ao colo para a cama, despi-la, vesti-la, lavá-la, levar-lhe a comida à boca. Ela impacientava-se quando lhe tardavam com o almoço; gritava de lá que a queriam matar à fome, que era melhor enterrarem-na de uma vez. E a criada, a quem ela dera outrora presentes, ria-se; e as sobrinhas, que ela tantas vezes carregara ao colo, levantavam os ombros, enfadadas. Luciano repreendia-as, mas ia dizendo que efetivamente a irmã era insuportável!

Apesar de muitíssimo idosa, a pobre senhora tinha apego à vida; já muito confusa de ideias, completamente inerte, tinha impertinências, ralhava lá da sua cadeira de rodas com toda a gente: esta porque não lhe dava água, aquela porque lhe apertara de propósito o cós da saia, aquela outra porque lhe deitava veneno na comida...

Deslizavam assim amargamente os meses quando, um dia, uma criada, muito pálida, com os olhos esgazeados e os cabelos hirtos, entrou aos gritos na sala de jantar, exclamando:

— Fogo! fogo! há fogo em casa!

Levantaram-se todos da mesa.

Por uma janela aberta entrou uma lufada de fumo; viu-se brilhar a chama. A porta cantava tomada pelo fogo.

— Fujam pelo telhado! gritou o Luciano.

E ouviam-se vozes lá fora, dizendo como um eco:

— Fujam pelo telhado!

Na sua grande cadeira de rodas, a velha presenciava aquela cena, sem se poder mover, aterrorizada e sem voz. O irmão empurrava as filhas, atava num guardanapo as joias tiradas à pressa de uma cômoda, punha na mão da criada os talheres de prata, olhava para trás, para o fogo que vinha lambendo a parede, impelido pelo vento; corria, atirava para o telhado os móveis mais leves, pressurosamente, abria e fechava gavetas, e saltava por fim também pela janela, para o telhado do vizinho, o único meio de salvação que a Providência lhe oferecia !

A velha ficou só. Tentou mexer-se, tentou gritar: debalde.

Pior que o incêndio e que o medo foi a impressão deixada pela fugida do irmão.

O seu espírito cansado como que se esclareceu nesse momento. E dessa vez não disse de si para si, para desculpá-lo: "Aquilo é doença, não é ruindade de coração!..."

O calor afogueava-lhe as faces, onde há muito não subia o sangue; no meio daquela solidão pavorosa, ouvindo o crepitar da madeira nuns estalidos secos, a bulha surda de uma ou de outra viga que se desmoronava, o lufe-lufe da chama que subia, a velha sorria com ironia, lembrando-se da precaução do Luciano em arrecadar as coisas que ela, a irmã abandonada, lhe ajudara a ganhar...

E voltou de novo o olhar para a janela; então, entre o fumo já espesso, viu desenhar-se ali uma figura de homem.

O coração bateu-lhe com alegria.

— É Luciano que se lembrou de mim!...

Era um bombeiro que lhe estendia a mão, chamando-a. A velha fez-lhe um gesto, — que se retirasse!

Nisso, um rolo de fumo negro interpôs-se entre ambos, como um véu de crepe. Perderam-se de vista. O bombeiro voltou para fora, quase asfixiado. A velha fechou os olhos e esperou a morte.

Perfil de preta
(Gilda)

A Machado de Assis

Suruí:[1] sol de rachar. Às onze horas, pela estrada quente, mal sombreada por uma ou outra gameleira, vinha a negra Gilda da situação Fonseca, com a cesta de taquara carregadinha de beijus, agasalhados na toalha recortada à mão por sua senhora, d. Ricarda Maria. 5

A pele preta não desgosta do sol; mas era tão ardente esse de dezembro, que a Gilda, suando em bica, meteu-se pelo primeiro atalho para o mato até à margem do rio. O caminho seria mais longo, paciência.

Logo que entrou na selva regalou-se roçando as solas dos pés, 10 queimados pela areia da estrada descoberta, nas trapoerabas macias, onde florinhas roxas desabrochavam à sombra de caneleiras cheirosas e de cada árvore, que Deus nos acuda! Tinha o seu medo de andar por ali; sempre era mais arriscado o encontro de uma cobra que pela estrada. Mas o frescor do mato e o marulhar 15 do rio tentavam-na, foi andando. E tinha que andar, porque a freguesia de S. Nicolau ainda era dali a um bom quarto de légua, e, depois de ter oferecido os beijus em nome da ama à sua irmã d. Luiza, teria de voltar à situação antes do pôr do sol.

Com aquele calor… 20

O cheiro agreste dos cambarás punha tontas as borboletas cor de palha. Das altas copas dos paus-de-arco caía um chuvisco de ouro, em pétalas pequeninas. Perfume e silêncio. De repente a

1. Bairro do Município de Magé, no estado do Rio de Janeiro. [N. O.]

água do rio repuxou alto; Gilda parou; nada! Cantou um jacu, mas calou-se logo, pressentindo gente. A água voltara à plácida correnteza, não encontrando estorvos no caminho.

Gilda retardava os passos, e já não deixava de sondar com o olhar afeito, as águas moles. Súbito, numa clareira pequena, onde havia sol, divisou junto à margem um grande peixe dorminhoco e sossegado. A pele mosqueada do animal luzia dentro da água colorida de roxo pela copa florida de um pé de quaresma, como uma espada enferrujada nos copos. A água trêmula coloria-o de lapidações de ametistas e ele dormia a sesta, de olhos abertos, ventre roçando na areia.

Gilda pousou o balaio no chão, entalou a saia entre as pernas roliças, e, pé ante pé, muito devagarinho, entrou no rio, agachou-se e, zás! Agarrou com ambas as mãos o peixe gordo, que se debateu sobressaltado, violentamente, num reboliço gorgolhador, salpicando-a toda. Sentindo-o escorregar por entre os dedos, Gilda atirou-o para uma aberta da clareira, sobre um pouco de mato carrasquento de roça abandonada. O peixe arqueou-se todo em saltos, unindo o rabo à cabeça numa ondulação violenta, com ânsia de mergulhar de novo, no esforço de buscar a vida que lhe roubavam. O sol secava-lhe a pele lisa, que brilhava à luz em reflexos de ardósia e prata; os olhos exorbitavam-se-lhe, redondos como dois globos foscos que o furor incandescia, e o corpo torcia-se-lhe ora no ar, ora no chão, descrevendo curvas, num movimento incessante, batendo na terra quente para, de um salto flexível, de acrobata doido, atirar-se de encontro a um tronco espinhento de paineira, sem se dar por vencido, na ânsia de viver.

Gilda deixava-o debater-se, deliciada com aquela agonia longa, nervosa, que observava com atenção alegre, no triunfo da sua força animal.

A tortura do peixe prolongava-se; ele era valente, resistia ao ar seco, ao sol ardente, à dureza do chão, aos embates nos espinhos que o feriam, aos atritos dos seixos escaldantes e dos tronquinhos secos do ervaçal. Pouco a pouco o cansaço ia-o amolecendo, um fio de sangue escuro corria-lhe do ventre, um arrepio enrugava-lhe o dorso e ficou por fim todo estendido, batendo só com o rabo, convulsivamente, no chão áspero. Depois nem um tremor mais; quedou-se imóvel. Gilda cuidou-o morto e acocorou-se para o ver de perto, quando, em um arranco supremo, o peixe lhe saltou por sobre a cabeça, relanceando um fulgor de aço no ar abafado e indo cair em um baque nas trapoerabas, quase à beira do rio.

Ouviu ele ainda o som mole das águas correndo sobre areias frias, sentiu na pele queimada o frescor das ervinhas brandas, mais um impulso e mergulharia na corrente salvadora... não pôde; a carne mole não lhe obedecia à convulsão da vontade.

Gilda cortou uma taquara, lascou-a com força e, aproximando-se, varou o peixe de guelra a guelra. Ele estrebuchou languidamente, e a negra riu empunhando o bambu, como uma lança de guerra sobre um corpo inimigo.

Foi só depois de tudo consumado que a Gilda se lembrou de que tinha de entregar os beijus ainda quentinhos à irmã da sua senhora... Voltou-se; uma mosca varejeira zumbia sabre a toalhinha branca, em lampejos de metal azul. Um gesto da negra e ei-la que partiu.

Deviam ser horas de se ir encaminhando para a freguesia de S. Nicolau do Paço. Antes de prosseguir, amarrou com um cipó as taquaras em cruz, escondeu o peixe entre folhas de inhame e depois de ter marcado o sítio recomeçou a caminhada. Foi-se embora, apanharia o peixe no regresso...

Que voltas teria dado a Gilda por aqueles morros e aquelas vargens, que só à tardinha entrou na freguesia, com a cesta de beijus, que deveria entregar quentinhos, já muito desfalcada?

Foi talvez no mandiocal de seu Neves, quando parou ouvindo as cantigas e vendo arrancar mandioca bonita, de lua nova...

Não, a maior demora deveria ter sido na casa do João Romão, deitada na esteira, no pomarzinho de tangerinas, daquelas pequeninas, que ela comia com casca e tudo.

Nesse dia não o tinha encontrado, perdera umas duas horas a esperá-lo, de papo para o ar, vendo as nuvens dos mosquitos.

Por onde andaria ele?

João Romão era vadio, cantava à viola e trazia pelo beiço toda a crioulada da redondeza. Gilda mordia-se de ciúmes sempre que o via, lá no engenho de d. Ricarda Maria, mais voltado para a Paula ou para a Norberta do que para ela. Quando o censurava por isso, ele levantava os ombros e ia dizendo que gostava de contentar toda a gente...

Pois era sol posto quando a Gilda divisou a igreja de S. Nicolau, com o seu mato de limoeiros perto, e as suas paredes brancas alvejando em uma tristeza de abandono...

Nem um badalar de sino. Voavam pombas-rolas à procura dos ninhos e crianças sujas cantavam em rondas na primeira rua da povoação. Gilda apressou o passo até uma casa velha de janelas de peitoril.

D. Luiza andava de visita a uma comadre; a preta deixou-lhe a cesta de beijus com a cozinheira Sophia e depois de ter engolido uma caneca de café girou sobre os calcanhares, pensando no terror da estrada pelo escuro. Bem faria se caminhasse sempre depressa, mas no canto da praça viu gente ajuntada na porta da venda e foi-se chegando curiosamente.

Falava-se do milagre. S. Nicolau, deposto do seu trono de honra no altar mor, fora colocado irreverentemente no chão, embaixo do coro, para que ali lhe carminassem à vontade o rosto desbotado e lhe assinalassem os traços já sumidos.

Deixaram-no para ali sozinho, sem lâmpada nem vigia por toda uma feia noite! Daí, que aconteceu? Na outra madrugada o sacristão viu com os seus olhos carnais, que a terra havia de comer, o bom S. Nicolau do Paço, lá no alto do seu trono condigno! Ninguém o removera; o santo tinha subido aquela famosa altura, pelos seus próprios pés, que os não tinha de fato, visto que a túnica de madeira, com douraduras e vernizes, descia-lhe até ao chão...

Gilda estremeceu, e antes de seguir seu caminho voltou o olhar esgazeado para o bosquezinho de limoeiros odorantes, perto da igreja.

Nossa Senhora! Arrependia-se agora de não ter vindo direitinha dar o seu recado logo pela manhã. Não eram as fúrias de d. Ricarda Maria, tão impertinente, o que ela mais temia, mas as almas penadas que andassem soltas, gemendo pelo mato. Lá a sua senhora? que se ninasse! já não havia escravos. Agora os fantasmas, esses! S. Nicolau que a acompanhasse.

Benzeu-se e foi andando com o coração nas mãos, volvendo os olhos esbugalhados para as beiras do caminho. Luzia-lhe a esperança de pedir pousada ao João Romão: cortaria assim a pior parte do caminho e dormiria com ele.

Por mal dos seus pecados, a noite estava negra e um ventozinho precursor de chuva agitava as ramagens, imitando vozes extravagantes.

Passado o negrume do mandiocal do Neves, ao dobrar mesmo a estrada, no ângulo onde de dia tanto se enchera de araçás, Gilda estacou boquiaberta. Através do rendilhado negro das galharias folhudas, ela viu luzes, grandes luzes bailando vagarosamente, lá na beira do rio.

S. Nicolau me acuda! suspirou ela, com os joelhos bambos, o coração aos pulos, estarrecida. S. Nicolau valeu-lhe, fazendo-a reconhecer nas luzes archotes de bagaço de cana seca, que alumiavam o João Romão, a Norberta e mais três parceiros, na pescaria do bagre amarelo em tocas de pedras frias. O que enfureceu a Gilda foi ver o mulato abraçar Norberta, mesmo ali, à vista dos outros…

— Que jundiá que vocês apanhem tenha veneno, diabos! rosnou ela com desejo de irromper pelo mato e ir bater naquela gente, ruim que nem cobra. Repeliu a ideia, estava sozinha, os outros eram muitos.

Esquecendo-se de ir procurar o seu peixe gordo, sepultado entre folhas de inhame junto à cruz de taquara, e que mesmo a escuridão não permitiria encontrar, Gilda seguiu para diante, tecendo ideias de vingança.

— João Romão me paga, deixa está ele! Pensam que podem comungo… não vê!

Um uivo lamentoso atravessou a floresta e houve uma bulha de animal de rastos. Gilda nem fez caso. A raiva tirara-lhe o medo.

Às seis horas da manhã, d. Ricarda Maria apareceu no Engenho, e, dando com a Gilda no trabalho, gritou-lhe, furiosa:

— Então, sua cachorra, é assim que você cumpre ordens?

Contra o costume a negra baixou a cabeça, humilhada e sonsa, relanceando a vista para a Norberta que enchia um tipiti para a prensa, no meio de uma nuvem fina de farinha que o João Romão peneirava a seu lado. Norberta passava por ser a crioula mais bonita do Engenho. Era tafula, vestia-se de engomados. Pareceu à Gilda, através da névoa branca, que ela se ria na ocasião, e teve ímpetos de lhe atirar à cara a cuia com que levava mandioca do coxo para o forno, que a Paula remexia com a longa pá.

Tia Teresa, a africana velha entendida em rezas e feitiços, cosia os sacos, agachada a um canto, e, enquanto uns negros entravam com cestos de mandioca para a raspagem, outros traziam-na do lavador para a cevadeira, já branquinha como ossos nus…

D. Ricarda Maria chupou o grande buço grisalho que lhe ornava o rosto magro e ordenou ao João Romão que deixasse a peneiragem à Rita, e fosse ele para a máquina.

Depois voltando-se, inquiriu:

— O coxo está seco? Que é do Viriato?

— Viriato tá cortando mandioca, sim senhora… respondeu o Joaquim velho, que entrava suando sob um fardo de aipins.

D. Ricarda Maria postou-se ao lado da bolandeira e o mulato sentou-se, tanto se lhe dando fazer um serviço como o outro. A velha gritou então que abrissem a água, e a engenhoca roncou.

— É agora, pensou Gilda consigo, voltando-se. Norberta olhava embevecida para o João Romão, aproveitando a distração da patroa. O mulato é que não podia desviar a vista do trabalho, sob pena de ficar sem dedos ou sem braços. A máquina descrevia os seus movimentos rápidos, impelida pela força da água, triturando, esfarelando as raízes brancas da mandioca, num mastigar incessante.

Tia Teresa cantava num fio delgado de voz, estendendo os pés gretados pelo chão, onde tremia uma roseta de sol caída do teto, de telha vã.

Gilda observou: estavam todos preocupados; então, avançando, disse num berro furioso:

— João Romão!

O mulato voltou-se assustado e a máquina segurou-o logo pela mão direita, e levar-lhe-ia o braço se d. Ricarda Maria não o tivesse puxado imediatamente para trás, com um movimento rápido e violento.

O sangue espadanou, houve rumor, o mulato caiu.

Gilda, vingada, num tremor de raiva e de espanto, dizia que só dera o grito ao perceber a catástrofe. Aquela mentira sabia-lhe tão limpa como se fora uma verdade. Só a Norberta, fula, espumando irada, a desmentia, xingando-a, em avanços de animal danado:

— Foi de propósito! prendam aquele diabo! foi de propósito! exclamava ela debatendo-se nas mãos das companheiras, que a continham a custo.

— Como ele não quer mais saber dela! foi de propósito! Amaldiçoada!

Mas todas afirmavam que o caso deveria ter sido como a Gilda explicava, por que não? Fora tudo momentâneo, e a própria d. Ricarda Maria, ali de vigia, não se sentia habilitada nem para acusar, nem para defender...

Eis aí por que o João Romão nunca mais seduziu as crioulas dedilhando na viola aquelas modinhas faceiras e sentimentais.

Apesar de o ver maneta e de o saber preguiçoso, Norberta fez-se a sua companheira definitiva. Essa trabalha por dois, e, sempre que vê a Gilda passar pela sua porta, cantando escarninhamente com as mãos para as costas, ela cospe três vezes, dependura do umbral o ramo de arruda, faz no vazio o sinal da cruz e diz de modo a fazer-se ouvir da outra:

— Te esconjuro, diabo!

A nevrose da cor

Desenrolando o papiro, um velho sacerdote sentou-se ao lado da bela princesa Issira e principiou a ler-lhe uns conselhos, escritos por um sábio antigo. Ela ouvia-o indolente, deitada sobre as dobras moles e fundas de um manto de púrpura; os grandes olhos negros cerrados, os braços nus cruzados sobre a nuca, os pés trigueiros e descalços unidos à braçadeira de ouro lavrado do leito.

Pelos vidros de cores brilhantes das janelas, entrava iriada a luz do sol, o ardente sol do Egito, pondo reflexos fugitivos nas longas barbas prateadas do velho e nos cabelos escuros da princesa, esparsos sobre a sua túnica de linho fino.

O sacerdote, sentado num tamborete baixo, continuava a ler no papiro, convictamente; entretanto a princesa, inclinando a cabeça para trás, adormecia!

Ele lembrava-lhe:

"A pureza na mulher é como o aroma na flor!"

"Ide confessar a vossa alma ao grande Osíris! para a terdes limpa de toda a mácula e poderdes dizer no fim da vida: *Eu não fiz derramar lágrimas; eu não causei terror!*"

"Quanto mais elevada é a posição da mulher, maior é o seu dever de bem se comportar."

"Curvai-vos perante a cólera dos deuses! lavai de lágrimas as dores alheias, para que sejam perdoadas as vossas culpas!"

"Evitai a peste e tende horror ao sangue..."

— Notai bem, princesa:

E tende horror ao sangue!

A princesa sonhava: ia navegando num lago vermelho, onde o sol estendia móvel e quebradiça uma rede dourada. Recostava-se num barco de coral polido, de toldo matizado sobre varais crivados de rubis; levava os pés mergulhados numa alcatifa de papoulas.

Quando acordou, o sacerdote, já de pé, enrolava o papiro, sorrindo com ironia.

— Ainda estás aí?

— Para vos repetir: Arrependei-vos, não abuseis da vossa posição de noiva do senhor de todo o Egito... lavai para sempre as vossas mãos do sangue...

A princesa fez um gesto de enfado, voltando para o outro lado o rosto; e o sacerdote saiu.

Issira levantou-se, e, arqueando o busto para trás, estendeu os braços, num espreguiçamento voluptuoso.

Uma escrava entrou, abriu de par em par a larga janela do fundo, colocou em frente a cadeira de espaldar de marfim com desenhos e hieróglifos na moldura, pôs no chão a almofada para os pés, e ao lado a caçoula de onde se evolava, enervante e entontecedor, um aroma oriental.

Issira sentou-se, e, descansando o seu formoso rosto na mão, olhou demoradamente para a paisagem.

O céu, azul-escuro, não tinha nem um leve traço de nuvem. A cidade de Tebas parecia radiante. Os vidros e os metais deitavam chispas de fogo, como se aqui, ali e acolá, houvesse incêndio; e ao fundo, entre as folhagens escuras das árvores ou as paredes do casario, serpeava, como uma larga fita de aço batida de luz, o rio Nilo.

Princesa de raça, neta de um Faraó, Issira era orgulhosa; odiava todas as castas, exceto a dos reis e a dos sacerdotes. Fora dada para esposa ao filho de Ramazés, e, sem amá-lo, aceitava-o, para ser rainha.

Era formosa, indomável, mas vítima de uma doença singular: a nevrose da cor. O vermelho fascinava-a.

Muito antes de ser a prometida do futuro rei, chegava a cair em convulsões ou delíquios ao ver flores de romãzeiras, que não pudesse atingir, ou as listas encarnadas dos *kalasiris*[1] dos homens do povo.

A medicina egípcia consultou as suas teorias, pôs em prática todos os seus recursos, e curvou-se vencida diante da persistência do mal.

Issira, entretanto, degolava as ovelhinhas brancas, bebia-lhes o sangue, e só plantava nos seus jardins papoulas rubras.

Na aldeia em que nascera e em que tinha vivido, Karnac, forrara de linho vermelho os seus aposentos; era neles que ela bebia em taças de ouro o precioso líquido.

Princesa e formosa, a lama levou-lhe o nome ao herdeiro de um Ramazés; e logo o príncipe, curioso, seguiu para essa terra.

O seu primeiro encontro foi no templo. Ele esperava-a no centro do enorme pátio, entre as galerias de colunas, ansiosamente. Ela vinha no seu palanquim de seda, coberta de pérolas e de púrpura, passando radiante entre as seiscentas esfinges que flanqueavam a rua.

Dias depois morria o pai de Issira, último descendente dos Faraós, após a sua costumada refeição de leite e mel. O príncipe Ramazés solicitou a mão da órfã e fê-la transportar para o palácio real, em Tebas.

A beleza de Issira deslumbrou a corte; a sua altivez fê-la respeitada e temida; a paixão do príncipe rodeou-a de prestígio e a condescendência do rei acabou de lhe dar toda a soberania.

O seu porte majestoso, o seu olhar, ora de voltado ora de fogo, mas sempre impenetrável e sempre dominador, impunham-na à obediência e ao servilismo dos que a cercavam.

Esquecera a placidez de Karnac. Lamentava só as ovelhinhas brancas que ela imolava nos seus jardins das papoulas rubras.

A loucura do encarnado aumentou.

1. Túnica egípcia. [N. O.]

Os seus aposentos cobriram-se de tapeçarias vermelhas. Eram vermelhos os vidros das janelas; pelas colunas dos longos corredores enrolavam-se hastes de flores cor de sangue.

Descia às catacumbas iluminada por fogos encarnados, cortando a grandiosa soturnidade daqueles enormes e sombrios edifícios, como uma nuvem de fogo que ia tingindo, deslumbradora e fugidia, os sarcófagos de pórfiro ou de granito negro.

Não lhe bastava isso; Issira queria beber e inundar-se em sangue. Não já o sangue das ovelhinhas mansas, brancas e submissas, que iam de olhar sereno para o sacrifício, mas o sangue quente dos escravos revoltados, conscientes da sua desgraça; o sangue fermentado pelo azedume do ódio, sangue espumante e embriagador.

Um dia, depois de assistir no palácio a uma cena de pantomimas e arlequinadas, Issira recolheu-se doente aos seus aposentos; tinha a boca seca, os membros crispados, os olhos muito brilhantes e o rosto extremamente pálido.

O noivo andava por longe a visitar províncias e a caçar hienas.

Issira, estendida sobre os coxins de seda, não conseguia adormecer. Levantava-se, volteava no seu amplo quarto, desesperadamente, como uma pantera ferida a lutar com a morte.

Faltava-lhe o ar; encostou-se a uma grande coluna, ornamentada com inverossímeis figuras de animais entre folhas de palmeira e de lódão; e aí, de pé, movendo os lábios secos, com os olhos cerrados e o corpo em febre, deliberou mandar chamar um escravo.

A um canto do quarto, estendida no chão, sobre a alcatifa, dormia a primeira serva de Issira.

A princesa despertou-a com a ponta do pé.

Uma hora mais tarde, um escravo, obedecendo-lhe, estendia-lhe o braço robusto, e ela, arregaçando-lhe ainda mais a manga já curta do *kalasiris*, picava-lhe a artéria, abaixava rapidamente a cabeça, e sugava com sôfrego prazer o sangue muito rubro e quente!

O escravo passou assim da dor ao desmaio e do desmaio à morte; vendo-o extinto, Issira ordenou que o removessem dali, e adormeceu.

Desde então entrou a dizimar escravos, como dizimara ovelhas.

Subiam queixas ao rei; mas Ramazés, já velho, cansado e fraco, parecia indiferente a tudo.

Ouvia com tristeza os lamentos do povo, fazendo-lhe promessas que não realizava nunca.

Não queria desgostar a futura rainha do Egito; temia-a. Guardava a doce esperança da imortalidade do seu nome. E essa imortalidade, Issira poderia cortá-la como a um frágil fio de cabelo. Formosa e altiva, quando ele, Ramazés, morresse, ela, por vingança, fascinaria a tal ponto os quarenta juízes do *julgamento dos mortos*, que eles procederiam a um inquérito fantástico dos atos do finado, apagando-lhe o nome em todos os monumentos, dizendo ter mal cumprido os seus deveres de rei!

Não! Ramazés não oporia a sua força à vontade da neta de um Faraó! Que a maldita casta dos escravos desaparecesse, que todo o seu sangue fosse sorvido com avidez pela boca rosada e fresca da princesa. Que lhe importava, e que era isso em relação à perpetuidade do seu nome na história?

As queixas rolavam a seus pés, como ondas marulhosas e amargas; ele sofria-lhes o embate, mas deixava-as passar!

Issira, encostada à mão, olhava ainda pela janela aberta para a cidade de Tebas, esplendidamente iluminada pelo sol, quando um sacerdote lhe foi dizer, em nome do rei, que viera da província a triste notícia de ter morrido o príncipe desastrosamente.

Recebeu a princesa com ânimo forte tão inesperada nova. Enrolou-se num grande véu e foi beijar a mão do velho Ramazés.

O rei estava só; a sua fisionomia mudara, não para a dolorosa expressão de um pai sentido pela perda de um filho, mas para um modo de audaciosa e inflexível autoridade. Aceitou com frieza a condolência de Issira, aconselhando-a que se retirasse para os seus domínios em Karnac.

A egípcia voltou aos seus aposentos, e foi sentar-se pensativa no dorso de uma esfinge de granito rosado, a um canto do salão.

A tarde foi caindo lentamente; o azul do céu esmaecia; as estrelas iam a pouco e pouco aparecendo, e o Nilo estendia-se cristalino e pálido entre a verdura negra da folhagem. Fez-se noite. Imóvel no dorso da esfinge, Issira olhava para o espaço enegrecido, com os olhos úmidos, as narinas dilatadas, a respiração ofegante.

Pensava na volta a Karnac, no seu futuro repentinamente extinto, nesse glorioso amanhã que se cobrira de crepes e que lhe parecia agora interminável e vazio! Morto o noivo, nada mais tinha a fazer na corte. Ramazés dissera-lhe:

— Ide para as vossas terras; deixai-me só...

Issira debruçou-se da janela — tudo negro! Sentiu rumor no quarto, voltou-se. Era a serva que lhe acendera a lâmpada.

Olhou fixamente para a luz; a cabeça ardia-lhe, e procurou repousar. Deitando-se entre as sedas escarlates do leito, com os olhos cerrados e as mãos pendentes, viu, em pensamento, o noivo morto, estendido no campo, com uma ferida na fronte, de onde brotava em gotas espessas o seu belo sangue de príncipe e de moço.

A visão foi-se tornando cada vez mais clara, mais distinta, quase palpável. Soerguendo-se no leito, encostada ao cotovelo, Issira via-o, positivamente, a seus pés. O sangue já se não desfiava em gotas, uma a uma, como pequenas contas de coral; caía às duas, às quatro, às seis, avolumando-se, até que saía em borbotões, muito vermelho e forte; Issira sentia-lhe o calor, aspirava-lhe o cheiro, movia os lábios secos, buscando-lhe a umidade e o sabor.

A insônia foi cruel. Ao alvorecer, chamando a serva, mandou vir um escravo.

Mas o escravo não foi. Ramazés atendia enfim ao seu povo, proibindo à egípcia a morte dos seus súditos. Um sacerdote foi aconselhá-la.

— Cuidado! A justiça do Egito é severa, e vós já não sois a futura rainha...

Issira despediu-o.

Perseguia-a a imagem do noivo, coberto de sangue. A proibição do rei revoltava-a, acendendo-lhe mais a febre do encarnado.

Como na véspera, o sol entrava gloriosamente pelo aposento, através dos vidros de cor. A princesa mordia as suas cobertas de seda, torcendo-se sobre a púrpura do manto. De repente levantou-se, transfigurada, e mandou vir de fora braçadas de papoulas, que espalhou sobre o leito de púrpura e ouro...

Depois, sozinha, deitou-se de bruços, estirou um braço e picou-o bem fundo na artéria. O sangue saltou vermelho e quente.

A princesa olhou num êxtase para aquele fio coleante que lhe escorria pelo braço, e abaixando a cabeça uniu os lábios ao golpe.

Quando à noite a serva entrou no quarto, absteve-se de fazer barulho, acendeu a lâmpada de rubis, e sentou-se na alcatifa, com os olhos espantados para aquele sono da princesa, tão longo, tão longo...

As três irmãs

A Zalina Rolim

Havia muitos anos já que d. Teresa não via as duas irmãs. A segunda, d. Lucinda, partira logo depois de casada, com o primeiro marido, para Buenos Aires, e lá ficara sempre; a mais moça, d. Violeta, fora habitar a Bahia com o seu esposo e ali estava gozando os triunfos acadêmicos dos filhos e os respeitos delicados do seu *velho*. 5

Mas um dia, d. Teresa, apreensiva, com medo da morte que se avizinhava, escreveu às irmãs:

— Que viessem ao Rio despedir-se dela e tomar posse do que lhes pertencia. 10

Interesse ou saudade... (quem lê claro em corações tão bem ocultos?) empurrou para as plagas natais as duas senhoras.

D. Teresa remoçou uns dias. Só ela ficara solteira e em casa dos pais, já há tanto mortos, como um guarda fiel, depositária de todas as relíquias da mocidade deles e delas! Assim, recomendou à governanta: 15

— Olha, Emília! para a mana Lucinda arranja o quarto azul, aquele da esquina... era o seu quarto de solteira... Ela gostava de canários... tinha sempre uma gaiola no quarto... era isso: bota lá a gaiolinha dourada do canário novo... Escuta! Lava bem tudo! Ela era muito faceira... não te esqueças do pó de arroz, de pôr sabonete fino e frascos de... espera! qual era o cheiro que ela preferia?... Ah! já sei! jasmim! manda comprar essência da jasmins... 20

— Sim, senhora. 25

— Agora, para d. Violeta prepara o quarto branco, das três janelas... Era o quarto dela! Vê se arranjas muitas flores... Violeta era a nossa jardineira!... Olha, faze um ramo para o lavatório, outro para a cômoda. Era assim que ela usava... Espera! que pressa! Manda comprar essência de violetas... era o aroma dela!

— Sim, senhora...

— Não te esqueças de nada!

— Não, senhora...

A governanta saiu, deixando d. Teresa aos guinchos com um ataque de asma. Não queria morrer deixando aquela casa em mãos indiferentes. Só as irmãs receberiam com amor aqueles trastes antigos, em que tantas vezes rolaram juntas, onde os pães presidiam às suas travessuras de crianças e onde, depois, os noivos as beijaram com embriaguez... A pobre coitada estava a desfazer-se, sentia, a cada arranco da tosse, desmanchar-se-lhe sob a pele seca e enrugada a carcaça frágil e dolorida. O seu corpo, nunca amado, caía, como um feixe de ossos partidos, para a sepultura. Como estariam as irmãs? A Lucinda deveria estar bem velhota! Agora a Violeta, essa, apesar de mais moça, com tantos filhos e já tanta netalhada, é provável que viesse trêmula e bem achacada pela velhice! Havia já uns trinta anos que a não via... e à outra... uns bons quarenta! E d. Teresa revia com saudade o rosto pálido e formoso da esbelta Lucinda, de olhos verdes, dentes sãos, faces brancas como a neve; e o rostinho delicado de Violeta, moreno, levemente rosado, com uns olhos travessos e negros e uma boquinha perfumada de juventude, muito fresca e vermelha!

E apesar de calcular-lhes as rugas, só via diante dos olhos as figuras louçãs e radiantes das irmãs noutros tempos...

A mulata aprontou tudo com esmero. D. Teresa, apoiada ao seu ombro e a uma bengala grossa, percorreu toda a casa. Ela tinha tido sempre a singular mania de conservar as coisas nos mesmos lugares e em igual posição. Se mandava renovar o papel de uma sala, exigia que o novo fosse exatamente igual ao que de lá saísse; e os trastes eram polidos, os estofos espanados com escrúpulo e as alcatifas nunca substituídas por outras que não fossem da mesma cor e de igual desenho... Para ela, aquelas velharias eram preciosidades raras. Não sabia nunca, não dava festas. Vagava no ar das suas salas um cheiro de mofo, denunciador do triste isolamento da sua vida de solteirona, sem sobrinhos, nem afilhados, nem ninguém!

Custava-lhe deixar todo aquele esplendor em mãos alheias e ansiava pelas irmãs. Por uma coincidência, chegaram no mesmo dia d. Violeta, vinda da Bahia, e d. Lucinda, de Buenos Aires.

A manhã estava de uma beleza incomparável; o céu todo azul, atmosfera morna, o que aprouve a d. Teresa, que pôde aliviar o peso da roupa e cruzar sobre o vestido de seda roxo o seu belo mantelete de renda preta. A Emília ajudou-a naquela tarefa. Toda a roupa comparticipava daquele cheiro de umidade. Vestido havia tanto tempo guardado, o que as rugas fundas denunciavam, não podia cheirar a sol nem a primavera...

No topo da escada, com a cabecinha trêmula sempre a dizer que sim, uma das mãos apoiada à bengala, a outra sumida no braço da governanta, d. Teresa esperava as irmãs com os olhos luminosos, molhados de lágrimas. Elas subiam, vagarosas também, falando alto, uma com voz grave, outra em um falsete de gaita. Haviam de ser risadinhas, lembranças da mocidade...

D. Teresa ordenara que se abrisse o salão principal, e foram logo para lá as três. O que ela notou, com certa alegria invejosa, foi que as irmãs andavam mais direitas, sem necessidade de apoio. Sentaram-se no salão. D. Lucinda faiscava de vidrilhos, descansando a papada cor de leite na rica seda preta da capa. Era enorme. A gordura disfarçava-lhe as rugas. O coquetismo da mocidade ainda mostrava os seus traços: lá estava o cabelo pintado, caído nas fontes em duas *belezas*, à moda espanhola. E de vez em quando saltitava um *caramba*, que rebentava como uma bomba naquela casa antiga e reservada.

D. Violeta, essa guardara alguma coisa do seu aroma de flor, para a secura da velhice. Era pequena, muito engelhada; vinha vestida de lã *marrom*, com uma capa de pouco enfeite. O que lhe dava graça era o cabelo muito branco e a meiguice dos seus olhos negros, habituados a sorrir para os netos travessos.

D. Teresa era a mais acabada! Faltara-lhe o amor, faltaram-lhe as sagradas agonias da maternidade, e a sua existência passiva, concentrada, inerte, levara-a àquele ponto, de passa seca.

As três irmãs olharam-se com tristeza; mas o que pensaram não o disseram. Os lábios sorriram, houve uns suspiros mal disfarçados e um brilho de lágrimas, que pareceu molhar ao mesmo tempo os olhos de todas, sem rolar pela face de nenhuma... D. Lucinda rompeu o silêncio. Vinha por pouco tempo... o seu segundo marido, um argentino, morrera havia um ano; tinha ainda muita coisa a liquidar... O seu palacete não podia ficar abandonado em mãos dos perversos enteados... O seu palacete! Como ela encheu a boca, descrevendo em duas palavras o luxo das suas mobílias e da sua equipagem...

Era conhecida e invejada na cidade toda!

D. Teresa pasmou:

— Que! pois as suas mobílias são melhores do que...

— Estas?! Oh! E riu-se com desdém. Teresa! você não imagina: isto é horrível! *Nós outras* temos coisas modernas, vindas de Paris! Meu marido gastava todos os anos uma fortuna em quadros, em louças, em cavalos e em roupas!

D. Teresa, pálida, com a cabecinha ainda mais trêmula, olhou para a irmã Violeta.

— E você?

— Eu já não me importo com luxos... meus netos acabam com tudo! A não ser à missa, não vou a parte nenhuma...

O que eu quero é ter muito espaço para as crianças e uma capela bonita. Em minha casa celebra-se sempre, com alguma pompa, o mês de Maria... É o nosso sistema.

— Eu não conheço, modéstia à parte, casa mais completa do que a minha! impou d. Lucinda.

— Nem eu casa mais alegre do que a minha. Se saio, volto logo com saudades... murmurou d. Violeta.

D. Teresa disse, já um tanto envergonhada por tratar as irmãs por *você*, em um tom cerimonioso e encolhido:

— Pois eu mandei pedir a… vocês… que viessem tomar conta das mobílias e da casa, julgando que lhes fosse agradável…

— Vamos ver! interrompeu d. Lucinda, erguendo-se com dificuldade bem disfarçada. Emília amparou d. Teresa e seguiram todas em peregrinação. D. Lucinda apalpava tudo e ia murmurando:

— Esta mobília tem o estofo podre… Olhem! e esgarçava com a unha o damasco das poltronas.

— Está mesmo… afirmava d. Violeta. Assim tudo: este canapé é medonho; eu não o quereria nem na minha cozinha! Meu Deus! esta sala de jantar parece-me um refeitório de convento… E dizer que antigamente a gente achava isto bonito…

D. Violeta sorria; d. Teresa não chorava por vergonha, com respeito às irmãs, que vinham mais fortes, com outros hábitos e outros gostos, cada qual educada por um marido, com o espírito influenciado pelo espírito deles; uma adorando o luxo, a outra, a família e a igreja. Era bem certo, o casamento e a distância roubaram-lhe as irmãs para sempre; a Lucinda e a Violeta de outrora estavam enterradas em algum cemitério de virgens; aquelas duas velhas de gênios opostos… não eram elas!

À noite, d. Teresa, opressa pela asma, não se quis recolher cedo ao seu quarto. Emília foi dizer-lhe com acento irônico:

— D. Lucinda mandou tirar do quarto dela a gaiolinha. Diz que não pôde suportar barulhos… que o sono da manhã é o melhor!

Ao mesmo tempo aparecia d. Violeta com as flores na mão:

— Isto não pode estar lá no quarto… As flores devem ficar nos jardins… Lá em casa é o meu sistema.

Lá em casa! pensou d. Teresa; *lá em casa*! afinal cada uma ama o que é seu, pensa no que é seu! Eu, só eu, amo esta casa, não porque seja minha, mas porque era *nossa*… Serei melhor do que elas? De onde me vêm esta ternura e esta saudade que elas não sentem?

D. Teresa chorou na penumbra da sala.

No dia seguinte mandou recolher ao quarto dos badulaques, no fundo do quintal, os trastes mais antigos e de maior estimação. As irmãs zombavam de tudo... pois bem! deixaria escrito que se fizesse com eles uma fogueira no dia do seu enterro. Mas não escreveu, e dois dias depois, à hora do almoço, morreu sentada na sua cadeira de couro, com as mãos sumidas no xale e a cabecinha pendida para o peito.

D. Violeta recolheu as imagens do oratório, como lembrança piedosa; d. Lucinda, nada. Venderam a casa, repartiram os bens... e foi cada uma para o seu destino.

O futuro presidente

Uma... duas... três... quatro... e as horas foram soando numa lentidão de relógio velho, até a décima pancada.

Era noite; pela janelinha aberta, do sótão, via-se um pedaço do céu estrelado, e nada mais.

No interior, havia um lampião de querosene sobre uma mesa de pinho; um armário sem vidros, com cortinas de chita; cabides, máquina de costura, e uma ruma de caixas de papelão empilhadas num canto.

Junto à mesa uma mulher maltratada, magra, de olheiras fundas e dedos calejados, curvava-se para diante, pregando botões numa camisa para o Arsenal.

Ao pé dela, num berço de vime, dormia regaladamente um pequerrucho, gordo e trigueiro, com a cabeça enterrada na almofada e as mãozinhas papudas e abertas, espalmadas sobre a colcha vermelha.

Além do tique-taque do relógio, só se ouviam os estalidos da agulha e a respiração regular da criança.

A mãe de vez em quando tirava da costura o seu olhar cansado e deixava-o cair sobre o filho. Os seus olhos verdes perdiam então pouco a pouco a névoa de tristeza que os tornava sombrios, até irradiarem com a limpidez das esmeraldas sem jaça.

O marido tardava; talvez passasse a noite toda fora, vigiando a linha dos bondes, com a sua lanterna de cores, e ela aproveitaria o tempo para coser e adiantar serviço; a vida é tão cara e eles ganhavam tão pouco...

Pensando na dificuldade de se sustentarem, lembrava-se do bom tempo em que o marido era forte e ativo; agora o desgraçado tinha só uma perna e o juízo já não era como dantes... enfim, ajudava-o ela; e daí a alguns anos haveria mais alguém a auxiliá-los.

Esse *mais alguém* continuava a dormir tranquilamente, com as duas mãozinhas abertas sobre a colcha.

Entretanto, a imaginação da mãe ia-lhe abrindo um caminho florido e largo através do misterioso e impenetrável futuro.

Com a costura caída nos joelhos, a cabeça voltada para o berço, ela dizia mentalmente:

— Ele há de ser bom, há de ser amado por toda a gente... haverá alegria nos olhos que o virem, e todas as mãos se estenderão para apertar a sua mão honesta! Meu filho! Como ele dorme! Como ele é bonito!

Hei de ensiná-lo a ser caritativo... mas como? se nós somos tão pobres... Não faz mal, há de se arranjar um meio de o fazer dar esmolas! Será abençoado assim pelos infelizes! Coitadinho! chorou tanto hoje!... faltou-me o leite, talvez... com esta vida de trabalho, não admira! E tão manso que ele é! pobre criança!... Pobre... pobre! É preciso que ele seja rico, para ter completa a felicidade! Isso é que há de ser mais difícil... e daí, quem sabe? talvez não...

O pensamento ficou-lhe suspenso nessa ideia; com um suspiro de desalento voltou à costura, e os seus olhos foram-se enturvando. Também o marido tinha tido grandes esperanças de fazer fortuna; também ele arquitetara castelos de ouro e cristal, e deitara-se ao trabalho com amor e coragem; também ele era probo, e digno, e leal, e aí estava quase inutilizado, desde que a maldita máquina de um trem lhe esmigalhara uma perna, mudando-lhe o seu gênio desembaraçado e viril por aquela atual inércia, doentia e triste!

A que está sujeita a gente de trabalho rude! Ela que, desde pequena, se mostrava tímida, encolhida pelos cantos, séria e franzina, era quem mais lidava e com maior ânimo, agora! O seu esforço seria compensado? poderia levar ao fim a criação do filho? Chegaria a vê-lo homem, bem-educado, poderoso, feliz?

Lembrava-se de que, da última vez que tinha levado roupa ao Arsenal, ouvira num bonde, entre dois sujeitos velhos e bem vestidos, uma conversa que lhe causara impressão.

Falavam de pessoas de condição humilde, quase desprezíveis muitas vezes, mas cuja inteligência, atividade e esforço conquistaram coisas estupendas no mundo das artes, no mundo da ciência e no mundo da política! Aludiam encomiasticamente a um rachador de lenha, que foi chefe de Estado; a um filho de um tanoeiro que chegou a marechal de França e a príncipe; a um tecelão, nascido num subterrâneo, que foi um grande botânico...

Essa gente toda era apontada na História pelo seu valor extraordinário, tendo alcançado, a par de grandes fortunas, o respeito universal!

Enquanto esperava que lhe recebessem o número, no Arsenal, ia repetindo de si para si a conversa dos velhos, a tal ponto que a chamaram de distraída...

Distraída! O que ela estava era cogitando no futuro do filho!

Interrompeu de novo a costura, deu mais luz ao candeeiro, dobrou umas camisolas já prontas, e recostou-se um pouco, descansando as costas que lhe doíam. O pequenito moveu-se; ela arranjou-lhe a coberta delicadamente, para o não acordar, e pôs-se a olhar para ele num êxtase.

— Há de ser formoso, há de ser amado! virá um dia em que o solicitem outros amores, em que a paixão de uma mulher o atraia a ponto de esquecer-me! O sacrifício que eu faço, as dores que sofri, as forças que eu esgoto amamentando-o, tendo-o ao colo, perdendo com ele as noites, serão coisas ignoradas, ou de que ele não faça senão uma ideia incompleta! Meu filho! como eu já tenho ciúmes dessa outra que lhe há de absorver toda a intensidade do seu afeto! Mas não; ela será toda meiguice e amor, ela me ajudará a fazê-lo feliz!... Ele é inteligente... ele terá mesmo um talento notável! Será grande; será respeitado... chegará aos cargos mais altos... meu filho! como ele é inocente! como ele é puro!

Qual será o meu orgulho ouvindo chamarem-no: "Senhor

doutor!" e vendo-o deputado, a falar nas câmaras, com muita nobreza e distinção, correto, simpático e justo! Depois... por que não virá a ser meu filho o presidente da República?

Neste ponto os olhos da pobre mulher lampejaram de alegria; as suas grandes pupilas verdes tornavam-se verdadeiramente luminosas, atravessadas por uma alegria ofuscante, como se a sua alma fosse um intenso foco de luz!

Presidente!... presidente!... Sim, ele será presidente! Quando passar pelas ruas toda a gente o cumprimentará; e os ministros, fardados e veneráveis, curvar-se-ão diante dele com o respeito devido a um superior, nos grandes salões de um palácio onde ele habite. Terá carros luxuosos, cavalos e criados... À sua voz abrir-se-ão as prisões, os hospitais, os asilos, todos os edifícios onde a desgraça more! Clemente, consolará os tristes, levando-lhes no seu conselho ou no seu perdão a esperança e a ventura! As mães atirarão flores a seus pés; os moços saudá-lo-ão alegremente e as crianças cantarão hinos agradecendo a sua proteção, o seu amparo, a sua simpatia. A todos os recantos escuros descerá o seu olhar luminoso! para cada chaga terá um bálsamo, para cada mágoa um consolo, para cada vício, uma reabilitação! A cadeira de veludo que lhe destinarem em todos os lugares em que tenha de comparecer, quer seja um lugar de festa, quer seja um lugar de dor, será sempre cercada de flores, atiradas aí pela multidão compacta do povo, que o proclamará, unanimemente, o melhor dos homens!

Sim! meu filho será o melhor dos homens! Triunfante, poderoso, altivo, belo, adorado, há de levar-me pelo braço, a mim, velha, cansada, trêmula, e dirá à vista de toda a gente, sem se envergonhar da minha figura nem da minha ignorância:

"Esta é minha mãe!"

A costura do Arsenal caíra no chão; a visionária mulher tinha lágrimas nas faces, lágrimas de júbilo que aqueles pensamentos lhe davam. Nervosa, histérica, doente, deixara-se embalar de tal maneira pelas douradas quimeras daquele sonho irrealizável, que o julgava já exequível, certo.

Voava pelo azul de sua fantasia, quando ouviu na escada os passos irregulares do marido, batendo nos degraus com a sua perna de pau. Correu a abrir a porta.

O homem entrou carrancudo, confessando logo, à queima-roupa, estar sem emprego... Implicâncias e queixas de um fiscal... guardava as explicações para o outro dia; estava cansado. Deitou-se e adormeceu.

A esposa, arrefecida, gelada por semelhante notícia, voltou para a costura; duplicaria o seu esforço, faria serão até mais tarde, talvez toda a noite...

No entanto o relógio cansado ia batendo, uma... duas... três... quatro... até a décima segunda pancada da meia-noite; e no bercinho de vime dormia regalado o *futuro presidente*, com a cabeça enterrada na almofada e as mãozinhas papudas espalmadas sobre a colcha de cor.

NOVELAS

O laço azul

Novela romântica

I

Mal o dr. Sérgio Bastos tocou a campainha de um portão à rua Haddock Lobo, viu através das grades aparecer a chapa iluminada de um avental branco.

— O sr. Isidoro Nunes... está?

— Sim, senhor... A quem devo anunciar? 5

O dr. Sérgio tirou vagarosamente da algibeira o seu cartão, entregou-o à criada e caminhou atrás dela pelo jardinzinho, onde floria uma ixora rubra.

Mal diria ele que, no fim de quarenta anos de apartamento, teria de procurar o Isidoro para um caso tão particular e tão 10 melindroso... Considerou com olhar experiente e disfarçado o exterior da casa, que não lhe pareceu má, reconstruída há pouco, com as suas cinco janelas bem rasgadas sobre uma varanda ladrilhada, guarnecida de trepadeiras.

A criada acomodou-o na sala e sumiu-se. Ele ficou a um 15 canto do sofá, com a cartola nova entre os dedos cuidadosos, os pés bem calçados reluzindo sobre o tapete, o queixo enterrado entre as dobras do colarinho. Meditava:

Que terão feito estes quarenta anos ao Isidoro?

Lembrava-se mais do seu caráter que da sua figura. As feições 20 escapavam-se-lhe da memória, talvez as confundisse com as de outros... agora dos seus hábitos de docilidade e ao mesmo tempo de curiosidade miudinha, é que não.

Se bem se lembrava, chamavam-no no colégio de o Sabe-tudo — pelo motivo de que o Isidoro estava sempre a par de todos os 25 acontecimentos da casa, desde os mais importantes até os mínimos. Tal professor fora censurado discretamente, no escritório fechado? Ele sabia-o. O diretor hipotecara o prédio para acudir a despesas imprevistas? Sabia-o igualmente; como sabia que tal criado fora substituído… tal menino de Campos recebera tantas latas de goiabada enviadas pela mãe, como outro de Pernambuco, tantas de caju cristalizado, mandadas pela tia. Dir-se-ia que os fatos chegavam ao seu conhecimento, naturalmente, sem que ele os tivesse procurado conhecer por mexericos e confidências. Para castigá-lo daquela mania de bisbilhotice e para ter comodidades à custa alheia, quantas vezes ele, que ali estava agora confuso e impressionado naquele canto de sofá, fizera do Isidoro, já mocinho, já buçando, gato-sapato nas diabruras do colégio! Pusera-lhe então à prova a docilidade.

Era o pobre do Isidoro quem o livrava dos encargos aborrecidos de fazer a cama, escovar a roupa, lavar os pentes, engraxar as…

Uma porta rangeu. O dr. Sérgio levantou-se, dois braços magros, cobertos de brim claro, abriram-se diante dele.

Os quarenta anos tinham feito alguma coisa em ambos: saudades. Talvez não fosse positivamente saudades um do outro, mas do tempo da vida em comum no pensionato. O abraço foi longo e mudo. Depois os dois homens sentaram-se, observando-se ainda com um sorriso nos olhos úmidos.

Dir-se-ia que cada um deles encarnava a mocidade do outro, e eram já ambos encanecidos; dr. Sérgio, com suicinhas brancas, sem bigode, Isidoro Nunes de bigode, branco também.

— Que surpresa!

Dr. Sérgio perguntou então ao amigo como se pudera lembrar dele, depois de tamanha ausência…

— Homem, se eu lhe fizesse essa pergunta, vá!… mas você, que fez um nome brilhante, que se tem posto em evidência!… Assim, sei em que ano se formou em S. Paulo… em que ano casou com uma senhora da família Bernardes, de Vassouras, fazendeira e muito formosa, de quem é viúvo… sei que se entregou à lavoura de corpo e alma e que tem escrito obras importantes sobre agricultura... O que eu não sabia, nem podia prever, é que se lembrasse de mim e viesse um dia bater à minha porta!

Decididamente é o mesmo homem! pensou o dr. Sérgio; e logo respondeu, com um sorrisinho fino:

— Pois eu também não me esqueci, e a prova é que aqui estou, um pouco pasmado de que o amigo saiba de mim mais do que eu quanto às minhas obras, que, longe de serem importantes, são uns pequenos ensaios de pomologia... O mais está certo. Acrescentarei que tenho um filho de vinte e três anos, oficial de marinha, forte, inteligente, bonitão, e que nele concentro toda a minha felicidade.

— Também sabia...

— Ah!...

— Sei tudo. O seu rapaz é muito considerado, muito distinto. Vou chamar minha mulher. Ela vai ficar contente, porque já o conhece através da minha amizade. Fui sempre muito seu apreciador, você era um rapaz encantador, às vezes aborrecia-me... abusava... mas, enfim, rapaziadas!

Riram-se ambos.

Sim, rapaziadas! também a ele, os outros o que faziam!

— Não: a você não! Toda a gente o respeitava, até os grandes!

Ele é que fora a vítima... só uma manhã engraxara dez pares de botinas! Os rapazes são perversos. Pois não guardava rancor por nenhum. Até se ria... e de mais de um vingara-se depois... sabia como? dando-lhes dinheiro para botas, quando os encontrava na rua com os dedos de fora.

— Sim, alguns estão na miséria...

— Outros no galarim...

— O Barbosa é ministro.

— E o Castro, lembra-se, aquele a quem chamavam *Zebrinha*? — bebe como uma esponja e pede dinheiro aos conhecidos, nas esquinas...

— Pois esse era rico...

— Talvez por isso. Homens querem-se criados na necessidade dura. Como eu… como nós dois, que ambos comemos o pão que o diabo amassou, eu no comércio, e você na sua banca de advogado, onde nos primeiros anos teve bem grandes contrariedades.

Dr. Sérgio arregalou os olhos.

Isidoro continuou:

— O que o salvou foi a intervenção do Roxo na questão com o Borlido e aquele negócio do carvão. Você advogou admiravelmente bem aquela causa! Bem vê que o não perdi de vista…

— Realmente!

— A minha memória ainda regula… Bem, vou chamar agora minha mulher. Você talvez tivesse conhecido a família do meu sogro: ele era filho do barão de Filgueiras, não se lembra?…

— Não me recordo…

— O corretor Filgueiras, muito conhecido na praça… um ruivo, gorducho!…

— Não tenho ideia…

— Bom homem… Um momento. Vou chamar minha mulher…

D. Angélica parecia ter ouvido de trás da porta o seu nome; apareceu logo. Era uma senhora alta, gorda, já grisalha, com óculos de ouro e vestido de ramagens sobre fundo escuro. Toda a sua doçura estava no sorriso bom, acolhedor, e na pele muito branca, ainda fina.

O dono da casa foi abundante de adjetivos na apresentação da sua querida companheira de trabalhos e de alegrias e também do caro amigo, de infância, a quem reservava uma surpresa… Dr. Sérgio estranhou lá consigo, falou ainda um bocado de reminiscências e teve por fim de explicar o motivo da visita. Pediu então segredo.

Isidoro levantou-se e foi correr o reposteiro da esquerda. D. Angélica fez o mesmo ao da direita e voltaram a sentar-se, ardendo em curiosidade, quando uma voz moça, muito clara, cantarolou na sala próxima um trecho da *Cavalleria Rusticana*.

— Bonita voz! observou o advogado.

— Há de ser a Lucila... afirmou, sorrindo orgulhosamente, Isidoro.

— Talvez seja a Madalena... retrucou d. Angélica.

Estiveram um momento à escuta. A voz calou-se. Dr. Sérgio começou:

— Minha senhora, como aqui o meu bom amigo está informado, eu sou viúvo, tenho alguns bens de fortuna, boa disposição para aumentá-los, melhor saúde e um filho bem encaminhado, rijo e tido por um modelo entre os rapazes. Vivo no campo e, tanto quanto eu agora me destinei à terra, o meu Raul se dedicou ao mar. O ideal é outro, mas a pertinácia é a mesma. Guarda-marinha, deve partir com a sua turma, de hoje a vinte dias, em viagem de instrução.

Estava combinado que meu filho fosse despedir-se de mim à fazenda, quando há dias recebi dele este telegrama...

Dr. Sérgio desdobrou com o seu gesto pachorrento um papelinho e ofereceu-o a d. Angélica. Ela leu alto:

"É indispensável a sua presença aqui. Venha já. — Raul."

O telegrama não explicava coisa nenhuma; D. Angélica entregou-o aberto ao advogado, com ar meio estúpido e interrogativo.

Ele sorriu. Iam saber.

— Quando recebi este telegrama, imaginei tudo, menos a verdade. Supus o meu rapaz em véspera de alguma operação grave, que requisitasse a minha presença; ou envolvido num desses dramas modernos de amores complicados, ou arriscado a algum duelo... Enfim, precipitei-me para o Rio, formulando as hipóteses mais disparatadas e mais perturbadoras. Ao abraçá-lo, pela primeira vez, em minha vida, depois que ele é homem, o meu filho chorou. Bambo, apatetado, eu nem ousava interrogá-lo... até que ele se declarou. Estava apaixonado!

D. Angélica suspirou de alívio. Isidoro interrogou com interesse:

— Paixão pura, paixão...?

— Perfeitamente lícita. Meu filho é o protótipo da honestidade; não confessaria uma paixão reprovável... Como ente humano, nunca o julguei isento das maiores dores humanas, mas dessa quis Deus poupá-lo, e eu dou-lhe graças. O amor de meu filho é por uma moça solteira, a quem ele deseja ligar o seu destino. E embora parta de hoje a vinte dias, quer embarcar deixando aqui não a sua noiva, mas a sua mulher. Há casos, vê-se, em que é melhor a certeza que a esperança! Minha senhora, quando meu filho me disse o nome do pai dessa moça, meu coração palpitou com mais força.

Era o de um velho amigo! E foi por isso que ousei vir, desacompanhado, bater à sua porta. Consente em que sua filha case com meu filho?

D. Angélica tornara-se lívida e muda.

Isidoro torceu nervosamente a ponta do bigode interrogou com voz engasgada:

— Qual delas?

— Qual delas! Chegou a vez do dr. Sérgio ficar interdito. E depois:

— Julguei haver só uma… Pelo menos, meu filho só conhece uma!

— Talvez conheça as duas…

— Ora essa! Ele supõe até que seja filha única! lembro-me que me disse, e até com estes sinais: altura regular, delgada e loura…

— É exato… mas isso ainda não nos esclarece suficientemente. Meu caro amigo, há uma grave complicação na minha família; um caso irremediável, e cujas consequências não podemos prever…

— Como?… murmurou o dr. Sérgio apatetado.

— Seu filho pensa amar uma das minhas filhas, mas talvez ame as duas. São iguais. Tão iguais que os olhos da própria mãe às vezes as confundem…

— É das boas mães confundir os filhos, observou o advogado. A minha sempre me dava a mim o nome de meu irmão e a ele o meu!

D. Angélica voltou à vida, de que parecia suspensa, por uma sacudidela nervosa e observou:

— Não é só o meu amor que é igual por ambas, elas também o são entre si de corpo e de alma... O que uma pensa a outra pensa, o que uma deseja, já a outra quer! Uma dessas ideias más, ou enfadonhas, que nos indispõem muitas vezes com nós mesmos, fá-las por vezes aborrecerem-se e fugir cada qual para o seu lado, como para se livrarem de si próprias. De tal modo uma é o espelho da outra que os seus gestos são os mesmos e o mesmo o seu modo de vestir. Há singularidades notáveis nas suas aptidões e preferências: gostam das mesmas frutas, odeiam da mesma forma o amarelo e o violeta, bordam com igual perfeição, a letra é absolutamente semelhante, e o seu modo de exprimir o pensamento é idêntico, o que faz com que uma pareça o fonógrafo da outra! Desde pequeninas que são assim; ainda estavam no berço e eu já me via tonta para satisfazer a ambas no mesmo instante... Desde esse tempo que eu pensava com susto nesta hora terrível, que havia de chegar... e que chegou!

D. Angélica não pôde reter as lágrimas. O marido acudiu:

— Infelizmente a vida não se passa sempre nos berços... Resigna-te... O essencial é saber qual delas deve abandonar primeiro o ninho. O noivo é sério, é trabalhador, de boa família, chegou a ocasião de se ir uma embora. Que vá. Eu não as quero para freiras. É a vida. A mãe tem medo de matá-las, separando-as. Meteram-lhe isso em cabeça... realmente são tão unidas... há de custar-nos a todos... mas enfim, ainda este casamento proporciona a vantagem dela nos ficar em casa, depois de casada, como se o não fora... Durante esse tempo, um ano, talvez?... ir-se-ão acostumando à ideia da separação. Por mim estou contente e aprovo.

D. Angélica assoava-se, limpava as lágrimas, desafogava-se.

O marido continuou, voltando-se para o amigo:

— Deste fenômeno não deixa minha mulher de ter, talvez, certa culpa, coisa que só a ciência poderia determinar, se soubesse responder a tudo quanto se lhe pergunta. Imagine que a Angélica é de uma família em que vários membros têm filhos gêmeos, e que, mal se casou, pôs-se a desejar que o seu primeiro parto fosse de gêmeos e que esses gêmeos fossem meninas, e loiras e tão parecidas que se confundissem entre si! Ora, todos os outros gêmeos da família são casais e são trigueiros. Não teria a sua vontade tido influência neste caso fisiológico?

O dr. Sérgio abanou a cabeça, para exprimir a sua ignorância. E depois, para fugir do assunto:

— O que não posso compreender é como meu filho ignorasse isso, e não tivesse nunca visto senão uma das meninas!

— Eu explico: antigamente, quando saíamos com as duas, eram tantos os comentários, as olhadelas, as observações, que nós, vexados, adotamos o sistema de sair só com uma. Quando vai a Lucila, fica a Madalena; quando vai a Madalena, fica a Lucila... Seu filho talvez conheça as duas, julgando conhecer uma. A minha esperança é que ele possa determinar, pelo lugar em que a viu pela primeira vez, qual das duas terá de ser sua mulher... caso não haja já correspondência. Isto de moças pregam-nos às vezes cada peça... por maior que seja a vigilância...

Sou difícil de enganar: sei tudo... todavia não estarão as coisas mais adiantadas do que supomos?

— Assim estivessem; mas não estão. Meu filho, que é tão arrojado em tudo mais, é um tímido em questões de amor. Disse-me que não se atreveu a declarar-se e nem se aventuraria a pedir a menina, por quem morre de amores, se não tivesse de partir agora. Assim, disse-me ele, se me derem um — não, ninguém mais me porá aqui a vista em cima; se me derem o — sim, partirei feliz! Parece que houve troca de sorrisos... olhares... não passou disso. Um nada para uns, a existência para outros... Meu filho é dos últimos. Extremamente sensível...

D. Angélica continuava sucumbida, olhando para o vazio da sala, como se quisesse sondar o futuro.

Dr. Sérgio mudara também de aspecto.

Cravara-se-lhe uma ruga funda entre as sobrancelhas. Ouvir-se-ia voar uma mosca. De repente, Isidoro cortou decididamente o embaraço:

— Traga cá amanhã à noite o seu rapaz: previna-o primeiro como entender, da extravagância da situação. Entretanto nada direi às minhas filhas, para as não sobressaltar nem fazê-las passar por um vexame, caso seu filho desista… Se ele não desistir, nem souber determinar positivamente o dia em que viu a menina pela primeira vez, cada uma das pequenas virá por sua vez à sala e a sua comoção decidirá da sua sorte… A surpresa que lhe anunciei era exatamente a apresentação delas. Já agora fica tudo adiado para amanhã. Ainda mais uma explicação: se seu filho desistir, o amigo virá sozinho e o segredo ficará entre nós. Que tudo se decida, sem hesitações nem demoras.

D. Angélica teve um olhar súplice. Isidoro respondeu-lhe, com expressão penetrante:

— Até lá… silêncio!

II

— Digo-te que estás apaixonado por duas mulheres e que, na impossibilidade de casar com ambas, é mais acertado não casar com nenhuma… Não me olhes assim, que não estou doido; é a verdade. Também a mim nunca a verdade me pareceu tão absurda nem tão estorvadora! A personalidade da tua amada desdobra-se noutra completamente igual! Ora, como para o amor a mulher precisa ser única — estas não te servem, a menos que não queiras criar embaraços futuros de muita gravidade. Conforme me disseram os pais, e não é crível que sofram ambos desse defeito de ótica que duplica as visões, uma é o espelho da outra, tanto em perfeições de corpo como em defeitos ou qualidades de caráter… Para evitar comentários e olhadelas indiscretas, quando a família sai a passeio uma das meninas fica em casa. Revezam-se nos divertimentos. Assim, conhecerás uma só?… Conhecerás as duas?… Não sabes?… Nem eu!

— Sei! Sabe-o ela também. O meu amor não a pode confundir! Mas que notícia me trouxe! Como foi, como foi? Conte-me tudo! E era para isto que eu o esperava com tanta impaciência!

— Devagar, descansa. Estás aceito como marido de uma delas, o que já era previsto e não te deve surpreender; o caso agora é saber qual das duas terás de escolher.

— A que eu vi! A que eu amo!

— Viste-a uma vez só?

— Várias vezes…

— Logo, ora uma, ora outra…

— Não. Bastará que os nossos olhos se encontrem para que tudo se aclare, verá. As nossas almas já se compreenderam…

— As delas são iguais…

— Não creia; exageraram: mentiram. Não há duas folhas iguais numa árvore, é absolutamente impossível haver duas pessoas assim numa família. Desde que os pais consintam no casamento, não será por causa disso que eu desista da minha felicidade!…

— Mesmo que sacrifiques a de outrem?

— Não sacrificarei a de ninguém. Quem diz que a outra me ame? E se assim fosse? Que me importaria; antes um sacrificado do que três! Eu amo uma, sou amado de uma, o resto do mundo é-me indiferente.

— Agora.

— Sempre. Toda a gente tem amores desencontrados, paixões a que não corresponde. Ai de quem não é correspondido… os sacrificados calam-se; os vitoriosos gozam. Eu sou vitorioso.

— Escuta ainda a voz da prudência. Se tu pudesses levar tua noiva contigo para bem longe da outra, ainda vá. Mas tens raízes aqui… onde ela tem as suas entrelaçadas às da irmã… Evita o perigo. Para que és homem?

— Para tirar da vida tudo quanto eu queira que a vida me dê! Depois, previno-o, meu pai, de que serão baldados todos os esforços para me separarem desta ideia. Lembre-se de que fui sempre um obstinado e saiba que o desejo de ser o marido daquela mulher me poria doido se o não realizasse!

— Quem nos diz que não desejes as duas? Vias ora uma, ora outra, cuidando ver sempre a mesma... Desta, guardas um sorriso que te encantou, mas já da outra um olhar que te enterneceu... casando com uma, lamentarás não ter casado com a outra...

— Não.

— Pensa bem; abre os ouvidos ao meu conselho. Lembra-te de que sendo tal a semelhança entre as duas meninas, tu acabarás depressa ou por te enfadares da tua, ou por amares a ambas, o que ainda é mais inconveniente... Vale mais fugir, e já.

— Nunca. A minha mudará. Quando eu voltar da minha viagem ela talvez já tenha a mais o encanto da maternidade... Mas para que perder palavras? Conheço a que amo... ela conhece-me. Quero-a. Acabou-se...

— És um obstinado, como todos os namorados da tua idade, mas eu ainda assim apelo para o teu critério de homem sensato, para pesares as contrariedades prováveis, as situações embaraçosas que te reservará semelhante enlace. Calada o enjoo, o tédio, que deverá causar a convivência de uma criatura que vive ao lado de outra, em tudo sua semelhante!...

— Quando elas sejam perfeitas!

— Perfeita é a Bíblia, e que prazer proporcionaria uma biblioteca, em que não houvesse senão exemplares dessa obra, na mesma edição!

— O leitor afeiçoar-se-ia a um desses exemplares, um único, e não faria caso dos outros... Quando me apresentará na casa, logo?!

— Amanhã.

— Como tarda!

Chegou a hora da apresentação, tendo parecido as suas precedentes longas ao filho, curtas ao pai. Pelo caminho, mais de uma vez o moço exclamou, num desabafo feliz: — Vou vê-la! Ao que o velho corrigia, com um fiozinho de ironia triste: — Vais vê-las…

A sala estava iluminada, à espera.

D. Angélica e o marido, em trajes de cerimônia, e as meninas lá dentro, com ordem de não virem à sala senão quando chamadas. O acolhimento ao noivo foi constrangido; ele estava gelado, estúpido; foi necessário que o pai falasse por ele, como no primeiro dia que o levou à escola.

Isidoro tinha o seu plano; fez sentar as visitas, procurou animá-las com meia dúzia de frases alheias ao assunto, até que achou jeito de perguntar ao moço:

— Quando conheceu minha filha?

— Numa quermesse… no Parque… sentamo-nos perto, ouvindo tocar os ciganos…

— Foi a Madalena! exclamou Isidoro.

— Estás enganado, foi Lucila, objetou d. Angélica.

— Adeus, adeus!

O noivo, ardendo por decidir a dúvida, informou:

— Ia toda de branco…

— Não é sinal. Andam sempre de branco, por motivo de uma promessa da mãe.

Entreolharam-se como a pedirem uns aos outros inspiração para resolver o embaraço, quando o advogado interveio:

— Parece-me mais simples chamar a moça; não será já tempo de a consultar?

— É cedo… respondeu Isidoro. Você não imagina a afinidade de sentimentos que há naquelas criaturas… Sejamos cautelosos e procuremos tocar no ponto justo. Tenho o meu plano. A mãe vai lá dentro e perguntará, como coisa sua, qual das meninas nos acompanhou ao Parque, a ouvir os ciganos, na noite da quermesse… Essa virá primeiramente à sala. Assim a primeira impressão, e que foi naturalmente a mais forte que o noivo recebeu, designará o nome da noiva.

— Perdão, as minhas impressões eram cada vez…

Isidoro fez um gesto, expressando, com a maior eloquência, a necessidade do noivo interromper o desabafo; e já d. Angélica desaparecia pelo corredor, para desempenho da sua comissão.

— Muitas vezes o palco me tem dado a ilusão da vida; pois afirmo que é a primeira vez que a vida me dá a impressão do palco... comentou o dr. Sérgio, coçando as barbinhas brancas. Só me falta ouvir o meu filho cantar neste *intermezzo* uma arieta de Planquette... o mais está em termos... e olha, Raul, que estás hoje com cara de tenor!...

Isidoro achou intempestivo o gracejo. O filho também não gostou. Suava frio. Os minutos pareceram-lhe longos, até que viu d. Angélica voltar e dizer da porta com ar constrangido:

— Foi a Lucila.

Aquele nome cortou o silêncio, como um raio de luz a escuridão.

— Nesse caso é a Lucila a noiva. Veem, como foi simples? O senhor viu-a na quermesse... está bem certo que foi lá que a viu pela primeira vez?

— Oh, senhor, sim!... e depois vi-a na...

— Não diga mais nada! Foi na quermesse: é a Lucila. Chama-a, Angélica, tem paciência.

— Por que não hão de vir as duas? Aventurou o dr. Sérgio.

D. Angélica opôs-se. Seria bom retardar à Madalena esse desgosto... Viviam tão unidas...

— Ora que tolice! Vocês são de uma sentimentalidade piegas. Ela há de saber por força! Mais um minuto ou menos um minuto, que importa? observou-lhe o marido.

— É mais um minuto de felicidade!

— Pois chama lá só a Lucila... Olhem que não conheço nada menos prático do que o espírito das mulheres. Esta, seria capaz de passar uma semana sem comer, só para que não faltasse nem uma migalha nas costumadas guloseimas das filhas. Diz ela que o supérfluo, desde que dê prazer, é necessário! E sacrificar-se-ia de boamente, para que não faltassem às pequenas esses supérfluos necessários!

Raul não ouvia nada; tinha os olhos fixos na porta por onde havia de aparecer a noiva. A seu lado os velhos conversavam! e o som das suas vozes empastava-se na mesma toada confusa e sem sentido. Ela tardava, e ele impacientava-se por vê-la de perto, ouvir-lhe a voz, tocar-lhe na mão.

De repente, um vestido branco iluminou a sala; ele levantou-se deslumbrado; Lucila estava na sua frente.

Dr. Sérgio, que observava a moça, notou-lhe um estremecimento de surpresa alegre ao deparar com o oficial de marinha. É ela e ama-o, pensou o velho, satisfeito.

Isidoro falou:

— Minha filha, o sr. dr. Sérgio Bastos, meu velho amigo de infância, vem pedir para seu filho a tua mão. Nada posso responder sem conhecer teus sentimentos. Dirás se queres ou não ser sua esposa...

Lucila corou, voltou-se para a mãe, lançou-lhe os braços ao pescoço, sumiu o rosto nas rendas da sua blusa, e foi afogada no seio materno que suspirou o *sim*.

Estava linda. Rejubilaram-se todos.

Só d. Angélica empalidecera. O pai puxou Lucila pela mão, aproximou-a do noivo, e para assegurar-se bem:

— Lembras-te da primeira vez que viste este senhor?

— Sim... foi no Parque... tocavam os ciganos; estava uma noite linda!

— É isso mesmo. Concorda! E da segunda, minha filha?

— Foi no Passeio Público...

— Perdão, foi nas regatas... Lembra-se? eu estava perto do pavilhão, e a senhora deixou cair uma rosa... tenho-a aqui, como testemunho...

— Eu não fui às regatas; foi minha irmã...

Isidoro achou prudente tossir, fazer barulho, desviar o curso das reminiscências. Começou a falar do futuro. Urgia marcar o dia do casamento. O noivo partiria dentro de poucos dias para uma viagem de oito ou nove meses.

Uma atrapalhação! E agora era tratar do enxoval, dos papéis, e decidir se o casamento deveria ser à capucha ou de que forma, e que fossem chamar a Madalena para a comunicação da novidade!

Lucila precipitou-se para o corredor; a mão da mãe reteve-a:

— Vai para a saleta do piano preparar as músicas. Cantarás para o teu noivo ouvir.

Lucila obedeceu com tristeza, compreendendo a intenção da pobre senhora. Ela não queria confrontar as duas filhas em situações diferentes.

Criadas pelo mesmo beijo, destinava-as ao mesmo destino; no fundo da sua alma religiosa latejara sempre a esperança de ver as duas, esposas do mesmo esposo, na paz suave de um só convento…

Ainda a Lucila estava na sala e já Isidoro gritava pela Madalena.

— Madalena! Madalena!

Mal uma se sumia quando a outra apareceu: o mesmo clarão do vestido branco, o mesmo fulgor do cabelo loiro, o mesmo sorriso escarlate, o mesmo gesto de surpresa alegre ao deparar com o guarda-marinha na sala.

Dr. Sérgio coçou as suíças nervosamente. Raul sentiu um baque no coração, Isidoro mudou de aspecto e de voz:

— Minha filha, o dr. Sérgio Bastos, meu amigo de infância, acabou de pedir para seu filho Raul, a mão de tua irmã…

Madalena empalideceu, os olhos encheram-se-lhe de água, mas ficou imóvel.

O passo difícil fora transposto.

Isidoro, mais à vontade, tirou do escaninho de um porta-bibelô um laço de fita azul clara, e determinou:

— Como é difícil ao sr. Raul, nos primeiros dias da sua convivência, reconhecer logo à primeira vista qual das minhas duas filhas é a sua noiva, pensei de antemão em pôr este distintivo numa delas. Têm ambas de andar sempre de branco, seja; mas de hoje em diante Madalena adicionará à sua toalete este laço azul… Prega-lho no peito, Angélica!

Quando a mãe encostou a mão ao peito da filha, sentiu-lhe o coração bater com força; entretanto, ela permanecia como uma estátua. Raul fechara os olhos: também o seu coração pulsava com violência, sob a pálida rosa murcha do dia das regatas...

III

5 Uma... duas... três...

Madalena ouviu aterrada as pancadas do relógio da sala de jantar. Deram as sete; aproximava-se a hora da visita de Raul.

A noiva já o esperava, radiante, dedilhando no piano uma valsa ligeira, que interrompia de vez em quando, para interrogar 10 com o ouvido o silêncio do jardim.

Muito pálida, em pé, diante do espelho do quarto, Madalena procurava prender no peito, bem sobre o coração, o laço azul, espalmado como uma borboleta traspassada pelo alfinete assassino. Mas, dir-se-ia que os seus dedos hábeis tinham perdido o 15 jeito. Sentia as mãos hirtas como se as tivesse mergulhado em neve pura, e a valsa da irmã, que esvoaçava pela casa como um ruflo de asas de andorinhas, penetrava-lhe na alma como um barulho irritante de ferros que se raspam, arrepiando-a toda. Há um único som grato aos ouvidos tristes: o do soluço. A dor é 20 egoísta e geradora da inveja.

Madalena sentia-se só, no meio da família em festa. Todos riam. As amigas acudiam em bando, ofereciam-se para ajudar a compor as peças do enxoval. A notícia voara de uma ponta da rua à outra; até lhe parecia impossível que aquela gente toda 25 tivesse realmente o prazer que manifestava.

E ela não chorava; e ela assistia a todas as conversas, risadinhas, pancadinhas no ombro, abraços, denguices, como uma estrangeira, impassível. Oh! mas dentro dela, recalcada no coração, que revolta contra esse Destino implacável e invencível, 30 que a fizera em tudo igual à irmã, para no fim atirar à outra um punhado de rosas e a ela um feixe de espinhos! Por quê? Em que ofendera ela a Deus? Em quê?!

Com os lábios trêmulos, as faces lívidas, Madalena olhou com rancor para a sua imagem, refletida limpidamente no cristal iluminado. Não era ela, era a irmã, que ali estava; os seus cabelos, de ouro, rutilantes, a sua tez de camélia, o azul ferrete dos seus olhos rasgados, o oval delicado do seu rosto, todas as belezas de seu corpo eram uma cópia, uma reprodução, desprezadas por inúteis, pelo único homem a quem ela amaria na terra. Lucila tinha de vida mais uma hora do que ela, e essa hora inconsciente dera-lhe talvez a preferência do pai, que a impelia para a felicidade. Afinal, se fosse Raul que escolhesse, quem sabe se não se decidiria por ela? Sete horas: ele não tardaria, e o maldito laço azul que a distanciava do amor não conseguia fixar-se no seu peito atormentado. Com um movimento de raiva Madalena atirou-o ao chão, sem reparar que a mãe entrava e olhava para ela, compassivamente.

— Que é isso, Madalena!… Tem paciência…

A moça retraiu-se. Depois, sacudindo-se, numa resolução desesperada, desabafou:

— É que eu não posso mais, não posso mais!

— Então, filhinha…

— Deviam ter-me matado quando eu nasci…

— Estás louca!

— Não viram logo que no mundo não há lugar para duas pessoas iguais?!

— O mundo é tamanho!

— É tamanho, que cabe todo dentro do coração de quem ama!…

— Palavras… Coragem meu amor, e põe o teu laço… Vamos…

— Não. Não o porei nunca mais; nunca mais! Prefiro desfear-me; arrancar os dentes, cortar os cabelos, queimar o rosto a vitríolo, tudo, tudo, tudo, menos distinguir-me de Lucila por esse pedaço de trapo… Quero ser eu, estou cansada de ser — *nós*, —

quero ser eu, só eu, embora feia, torta, aleijada, mas sozinha, eu única! Oh, que tédio, que ódio, por que não me estrangularam, por que não perceberam que depois de Lucila, eu era demais?!

D. Angélica suspirou, aterrada:

— Meu amor, enlouqueceste!

— Às vezes afigura-se-me que nem sou gente, sou um reflexo; como aquilo!

E apontou para o espelho, onde o seu vulto se reproduzia.

— Sou demais!

— Que ideia, Madalena… E eu?

— A senhora é a culpada. Ter duas filhas assim!

— Como podia eu evitar?… bastante tenho sofrido; sempre com este medo… Lembra-te que procurei inocular em cada uma de vocês gostos diversos…

— Em vão.

— Sim, em vão. A natureza era mais forte do que eu…

— Maldita, mil vezes maldita, a natureza!

— Não blasfemes!

— Quer que eu a louve, quando ela me martiriza?!

— Exageras o teu sofrimento, filhinha… o tempo passará sobre esses amores e virão outros para teu consolo! Resigna-te.

— Outros que, viessem, seriam compartilhados por Lucila!

— Ela será casada, terá outros cuidados… filhos… Serás sozinha!

— Que importa? A alma é livre… o coração é livre… ela amará quem eu amar, odiará quem eu aborrecer.

— Tua irmã é honesta!

— O amor não se importa com isso!

— Madalena!

— Não sei o que digo, perdoe-me!

D. Angélica acariciou a filha lentamente, sentindo-a rígida entre os seus braços.

Indagou depois, com voz apenas sussurrada:

— Não sabias do amor de Lucila pelo Raul, nem ela do teu?

— Não.

— Nem a mais pequenina confidência?

— Nem.

— Por quê?...

— Eu tinha medo de lhe despertar a curiosidade. Não queria que ela visse Raul, para que o não amasse. Ele era meu!

— E ela, coitadinha, já o amava!

— E não me tinha dito nada...

— Teve naturalmente o mesmo receio que tu... acomoda o teu espírito. Promete-me ser forte e não fazer a tolice que disseste há pouco... Seria um pecado, além de ser um enorme desgosto para mim... Afinal mereço alguma coisa... Estás trêmula. Não convém que te vejam assim. A tua dignidade impõe-te o disfarce. Finge calma. Para chorar, aqui tens o meu peito, que não sabe consolar-te, mas sabe acolher-te. Em todo caso, que mais ninguém o saiba, pelo amor de Deus!

D. Angélica foi ao toucador, embeber a ponta da toalha em água, refrescou com ela o rosto da filha, enxugou-o de leve, aveludou-o de pó de arroz, e com uma voz em que Madalena sentiu um esforço poderoso, bem subjugado, aconselhou:

— Se eu fosse a ti, punha no peito o laço azul e iria para a sala tocar com tua irmã...

— Falei a uma pedra!

— Falaste a uma mulher que nunca deixou entrever as suas decepções... O sacrifício, acredita, não nasceu só para uma criatura... Estás desvairada, entra em ti; verás que só quero o teu bem. Ouves? teu pai lá está gritando por mim... não me deixa sossegada... Coragem... Vá! promete-me juízo... Por meu gosto não saía de teu lado... Que pretexto darás para não usares... o... Já vou, homem de Deus, já vou!... o laço azul?

— Madalena estendeu para a mãe a mão esguia, muito alva, num gesto de quem pede uma esmola. D. Angélica pousou nela o laço de fita, delicadamente, como se fora uma flor.

A voz do marido aproximava-se, impaciente...

— Angélica, Angélica!

— Cuidado, que teu pai não perceba! Sussurrou ela à filha; depois, limpando as lágrimas que lhe corriam abundantes dos olhos, saiu, respondendo num falsete desafinado:

— Estou indo!

Madalena conservou-se por um momento imóvel, como assombrada; até que num movimento vagaroso, quase automático, prendeu ao peito o laço que havia pouco repudiara...

A mãe dissera: — finge. Ela fingiria. E durante toda essa noite não dormiu, revendo o olhar com que Raul a fixara por vezes nesse serão, em que se não falara senão do seu noivado com a irmã. Com as mãos enlaçadas às mãos de Lucila, ele cravara em Madalena as pupilas abrasadas, numa interrogação incompreensível. À hora do chá os seus dedos encontraram-se, por acaso, puxando a mesma cadeira, e a mesma comoção no retraírem-se depois, aproximou as duas almas que se fugiam... Madalena revia todas as atitudes, todos os olhares do noivo da irmã que, na cama fronteira, dormia o sono feliz dos que não têm medo da vida, porque estão certos da felicidade... Madalena fazia-se pequena na cama, feliz com a ideia de que Raul a amava tanto como à outra, e horrorizada ao mesmo tempo com o pensamento do que pudesse acontecer mais tarde, quando a irmã despertasse daquele sonho ou daquela ilusão... Cabia-lhe a ela prolongar a ventura de Lucila. A mãe teria de ser desobedecida, porque para isso só havia um meio: anular a semelhança que existia entre ambas. Como? Matar-se? Não. Ela queria gozar o suplício da sua abnegação, queria dominar a natureza, dar àquele homem o sacrifício da sua beleza e da sua mocidade. Ela falara à mãe em vitríolo, e, verdadeiramente, nem sabia o que isso era. Lembrava-se agora de haver no armário dos remédios, de que o pai tinha a chave, um frasco de ácido nítrico, comprado para limpeza de metais.

O copeiro fizera esse serviço de luvas, para que o líquido corrosivo não lhe queimasse as mãos...

A ideia de desfigurar-se, derramando-o sobre as faces, fê-la arrepiar-se toda de medo, até bater os dentes, como num acesso de febre. Procurar desfigurar-se não seria um crime? Teria ela coragem para levantar mão sacrílega contra a sua beleza? Mas se essa beleza revoltava a sua alma, e era também causa de perigo para a tranquilidade da irmã? Feia, Raul afastaria dela a vista, num terror instintivo; linda, o seu olhar abrasado procurá-la-ia como à irmã e ela talvez não tivesse forças para resistir. 5

Uma cicatriz seria a salvação.

Não serviria essa intenção para redimir-lhe a culpa perante o juízo de Deus?

Com os olhos arregalados para a treva do quarto, Madalena passeava as mãos piedosamente sobre o rosto acetinado, como a 10 despedir-se da sua formosura. Uma grande mágoa, indefinível, torturante, entumecia-lhe o coração, que lhe pesava dentro do peito. Refletiu: tudo se faria como por acidente. O vidro, explicaria ela aos outros, teria caído sobre o seu rosto a um impulso dado por ela ao armário e o seu segredo ficaria assim só entre ela 15 e Raul, a quem os seus olhos diriam tudo! Antes porém que tal horror se consumasse, só uma coisa ela pedia ao destino ingrato, só uma ilusão que lhe deixasse da sua beleza um traço divino: um beijo, um beijo de amor…

Escondendo o rosto nas dobras do lençol, Madalena abafou 20 os soluços até a madrugada em que, exausta, adormeceu ainda soluçante. De manhã, a irmã foi acordá-la à cama:

— São horas, preguiçosa!

Sim, uma grande preguiça. Até parecia doença. Mas não era. Iam ver que passaria o dia magnificamente… 25

Desde o pedido de casamento, as duas irmãs evitavam-se mutuamente. Uma porque estava contente; a outra porque estava triste; ambas porque se sentiam humilhadas. Lucila por não ter forças para renunciar à felicidade que não podia ser compartilhada pela irmã; Madalena por se sentir ofendida no seu 30 amor-próprio. Nessa manhã, contudo, parecia ter renascido entre ambas o carinho antigo, e quando entraram na sala do almoço, d. Angélica, vendo-as abraçadas, envolveu-as num sorriso feliz.

O casamento estava marcado para de então a quatro dias. Isidoro virava do avesso as algibeiras antes de sair de casa, para 35 as despesas do enxoval, comprado de afogadilho. Por cima do sofá, por cima das cadeiras, espalhados por toda a parte, a trouxe-mouxe, viam-se jornais de modas, cortes de vestidos, caixas de chapéus, numa desordem alegre.

Os amigos da família corriam a apresentar-lhe as suas felicitações, e Madalena ajudava a mãe a receber toda a gente, a determinar as coisas naquela febre de confusão e de trabalho. De vez em quando os seus olhos levantavam-se para o relógio e um arrepio lhe percorria todo o corpo. O tempo não parava, parecia até correr com maior velocidade! Por vezes percebia os olhos de Lucila fixos nela. Então disfarçava, mudava de posição, saía para outro compartimento, pensando:

— De que serve fingir, se ela sabe tudo que se passa em mim?

Só na hora da visita de Raul se esqueciam as duas irmãs uma da outra, para se absorverem nele.

~

Já Lucila esperava o noivo no salão, dedilhando uma valsa ligeira, quando Madalena desceu disfarçadamente ao jardim, e, contornando o canteiro que ladeava a rua da entrada, escondeu-se no caramanchão de madressilvas, à espera. Fora empurrada por uma tentação dolosa. Encolhida no banco, com o olhar fixo no portão entrecerrado, esperava a chegada de Raul, que não tardaria a vir, pensando na outra, para então levantar-se, fazer-se sentir na penumbra e interrompê-lo no caminho da felicidade, atraindo-o, silenciosamente, para o seu primeiro e único beijo de amor…

A irmã ignoraria o crime, o noivo julgaria premir, com a sua, a boca da noiva, e a amargura da falsidade só ficaria no fundo da sua alma, como o lodo no fundo de um lago em que se reflete o céu iluminado. Estremecia a cada rumor de passos, latejavam-lhe as veias, palpitava-lhe com força o coração.

Ele não tardaria, ele, a quem ela amava tanto, ele, que ainda guardava no peito a rosa murcha que ela lhe atirara um dia, como penhor de toda a sua vida. A sua vida! e ei-la que só pedia agora um segundo de ilusão, um beijo dado a outra, em sua boca!

Consumado o dolo, ela punir-se-ia. Não seria nunca mais preciso segurar ao peito aquele maldito laço azul, que tinha arrancado agora do vestido, amarrotando-o entre os dedos febris. Ele não tardaria… E se a não percebesse? Se passasse por ela como por uma pedra? Sussurraria ela o seu nome? fá-lo-ia sentir, materialmente, que ela estava ali, no propósito de o ver antes de mais ninguém? Oh! o doce e terrível momento, que parecia tão próximo e que tardava tanto! E se ele não viesse? Se ele não viesse, nem por mentira ela sentiria nunca um beijo de amor! No dia seguinte, seria impossível enganá-lo, o seu lindo rosto já não seria igual ao lindo rosto da irmã…

Enfim, ele chegou. Madalena ergueu-se trêmula, cosida à galharia negra das trepadeiras, — e, no mesmo instante, Lucila passou na sua frente, quase correndo, a caminho do portão.

Tudo era para ela!

Madalena cerrou os olhos, para não ver, e quando os reabriu, os noivos beijavam-se, ali mesmo, a dois passos dela, crendo-se sós, e seguiram juntinhos até os degraus de pedra da varanda. Aí Raul voltou o rosto pálido para o caramanchão de madressilvas, enquanto a noiva subia adiante, ligeiramente. Madalena esgarçava com os dedos raivosos as hastes das trepadeiras, vibrando num desespero doido. Tudo lhe fugia; até a mentira! Mas por que voltaria Raul o rosto, para a treva onde lhe soluçava o coração?! Que o atrairia para aquele recanto negro do jardim, onde morria a última esperança de um gozo fictício e enganador?

Ele sentiu a minha alma… pensava a moça, furando com a vista a ramaria espessa. Seríamos todos desgraçados se eu não tivesse coragem… concluiu num suspiro; e caminhou para casa.

Onde estaria a chavinha do armário? Percebe que a mãe, desconfiada, a pedira ao marido. Talvez a tivesse deixado no bolso do vestido com que passara o dia…

Meu Deus, que alegria na sala, como todos falavam e riam alto! Até d. Angélica parecia distraída com as anedotas do dr. Sérgio...

Encolhida no seu quarto, Madalena esperava o momento. Tudo aconteceria como por acaso... De repente, levantou-se e seguiu pelo corredor, até ao quarto dos pais. A chave deveria estar ali, dentro do bolso da saia. Mas com que saia andara a mãe? Custou-lhe a lembrar-se.

O quarto recebia uma luz vaga, pelas bandeiras de vidro comunicando com o salão. Madalena tateava os vestidos da mãe sem os reconhecer; os dedos pareciam-lhe insensíveis, os olhos empanados por uma nuvem... A pouco e pouco, afazendo-se à penumbra, distinguiu os objetos. Revolveu toda a roupa de um cabide de pé, inutilmente. Passou ao guarda-vestidos, abriu e fechou gavetas, devagarzinho como um ladrão, para voltar de novo ao cabide, na dúvida de não ter procurado bem. E a maldita saia não aparecia.

Subitamente acudiu-lhe à lembrança o banheiro. A mãe tomava o seu banho quente pouco antes de jantar. Deixara lá com certeza a saia da manhã. Efetivamente a saia lá estava, atrás da porta, escorrida sobre os ladrilhos brancos da parede. Madalena sentiu os cabelos eriçarem-se e os ombros descaíram-lhe como sob um peso enorme. Com as costas unidas à frialdade dos azulejos da parede fronteira, ela olhava para a saia murcha da mãe como para um fantasma. Por fim, num assomo de energia, amarrotou-a com os dedos, nervosamente. O pano cedia, mole e flexível, à pressão desses dedos, que pareciam transformados em aço. Não sentindo a chave, Madalena procurou a algibeira, virou-a, estava vazia. Toda a tensão dos seus nervos se quebrou de repente. Sucedeu-lhe o desânimo.

Incapacidade de pensar, cansaço. Foi cambaleando para o seu quarto, como se tivesse bebido, e atirou-se como morta na cama.

Lucila cantava na sala e d. Angélica entrou pé ante pé no quarto.

— Filhinha?

Madalena fingiu que dormia. A mãe apalpou-lhe a testa… as mãos… e quedou-se a escutar-lhe a respiração… e depois de beijá-la na face saiu sossegada e triste. Mas não havia tempo para entregar o corpo àquela apatia; reagindo contra o extenuamento, Madalena levantou-se. Tinha a boca seca, os membros lassos; olhou para os móveis do quarto, como a pedir uma inspiração, e viu, sobre o toucador, bem em frente, reluzindo, à claridade frouxa do gás em lamparina, o aparelho de frisar cabelos: ferra e fogareiro… Aí estava um recurso! Poria o ferro em brasa, e cortaria com ele o rosto em frente ao espelho! Somente… isso não pareceria obra de acaso, e ela queria dar ao acaso toda a responsabilidade do seu crime… Decidiu procurar ainda uma vez a chave… se a não encontrasse, lançaria mão do ondeador em brasa…

Voltou ao quarto da mãe. Conversavam todos alegremente na sala. Lucila tinha acabado de cantar. Ouviu vozes estranhas, novas visitas. Fosse quem fosse, que lhe importava? Recomeçou a busca, revolvendo os mesmos lugares, já sem ver, estupidamente.

Minha mãe adivinhou… lembrou-se do ácido nítrico!… pensava Madalena, sem esmorecer na busca.

Ainda não tinha examinado um lugar, a cama da mãe. Ajoelhou-se, passeou a mão embaixo dos travesseiros.

Encontrou a chave.

Madalena ergueu-se, aterrada. Só lhe faltava agora um gesto, mais nada. Um simples gesto, e tudo se consumaria! Voltou ao quarto, deu toda a força à luz e postou-se diante do espelho, despedindo-se da sua beleza e procurando na face o ponto sobre que deixaria cair o ácido corrosivo. A ação devia ser rápida. Dominou a piedade que a sua formosura lhe inspirava e, branca como o mármore branco, caminhou para o armário dos remédios, na saleta contígua à copa.

IV

A felicidade é uma desgraça, asseverava na sala o dr. Sérgio Bastos, exibindo-se, com um esboço de malícia na boca inteligente, de lábios finos. Tanto quanto lhe permitia a excelente memória, lembrava-se de que os seus dias de gozo tinham originado um período de apatia e de preguiçoso desinteresse por tudo que não fosse a própria causa desse gozo, todo íntimo, todo pessoal. A felicidade é estéril como o deserto.

Isidoro riu-se largamente, não tomando a sério a teoria paradoxal do amigo; parecia-lhe impossível que naquela idade ainda ele tivesse semelhantes fantasias! Realmente a felicidade era considerada por cada um a seu modo, mas nunca lhe passara pela mente tão extravagante definição. Seria crível que o Sérgio ainda sacrificasse a sinceridade à frase, como nos idos tempos de rapaz?

O dr. Bastos continuava: Temos da felicidade uma concepção quase sempre em desacordo com o nosso modo de vida. Meu pai, homem de negócios agitados, que lhe impunham uma atividade inquietadora e crescente, afirmava que para ele a felicidade seria a sombra de uma árvore! Amarrado à cidade pelos seus mil empreendimentos, nunca se dava ao regalo de uns repousos campestres. Odiava a caliça, os telhados, os muros e sonhava com o ar limpo dos grandes descampados, onde respirasse a plenos pulmões, dentro do círculo da sombra projetada pela sua árvore amiga. Aborrecendo a cidade, a rotina, a disciplina, construiu quarteirões e quarteirões de casas iguais, fabricou telhas e tijolos, abrilhantou a cidade, deu prestígio ao comércio e morreu com o ideal que não teve tempo de realizar, nem lhe traria a consolação que esperava... Por que enriqueceu esse homem? porque, não se considerando feliz, tinha pressa de chegar à felicidade. Trabalhou ferozmente, irradiou toda a sua força, impeliu a vida para diante, na ânsia de alcançar a sombra da árvore desejada... Homens sem ideal são parasitas da terra. A felicidade é uma coisa que se não alcança, atrás da qual se corre e pela qual se morre...

No fundo da sua consciência d. Angélica dizia consigo:

"Palavras! A felicidade é ver o marido satisfeito e as filhas felizes…" E indagou levemente assustada… — E para o sr. Raul, a felicidade que é? Dr. Sérgio interveio, enquanto o filho trocava com Lucila um olhar de amor e um sorriso.

— Para o Raul agora a felicidade única é o casamento; as fases do amor são para todos iguais. Mais tarde, estabelecida a família, tranquilo o coração, o gérmen das suas aspirações, que o determinaram a escolher a carreira que escolheu, fará florir um outro ideal…

— Mamãe! Mamãe!

D. Angélica levantou-se de chofre. Era a voz de Madalena irrompendo lá de dentro, do silêncio da casa, angustiadamente; e antes que Isidoro, estonteado, acompanhasse a mulher, que já desaparecia no corredor, Raul atirou-se para a porta. O pai travou-lhe do braço com um movimento enérgico e brusco:

— Fica!

Lucila precipitara-se também, acompanhando os pais. Os dois homens viram-se, de repente, sós e contemplavam-se de face. Os olhos de um buscavam o fundo da alma do outro. Nem uma palavra. Não era preciso; há expressões que desmascaram o pensamento melhor que o mais exato dos vocábulos. Raul estava trêmulo, numa ansiedade.

— Que se teria passado?

— Qualquer coisa, que te não deve importar. A tua noiva é a Lucila!

As vozes vinham agora como um murmúrio de choro abafado, mal distinto, tal o rumor d'água dentro de um muro de aqueduto…

— Lembra-te que será assim por toda a vida! suspirou Sérgio, pousando carinhosamente a mão no ombro do filho.

— Serei forte.

— Tenho medo…

— De quê?

— De que venhas a ser infeliz!

— Oh…

— Ainda é tempo de fugir…

— Não…

Dr. Sérgio calou-se. Instantes depois Isidoro reaparecia na sala com um sorrisinho forçado. Não fora nada; um susto apenas, um pequeno susto. Madalena quisera por suas mãos preparar um chá, por se sentir adoentada, a chama do fogareiro do gás propagara-se às rendas da manga, o fogo fora abafado, nem a mais leve queimadura… Uma pilha de nervos, aquela menina! A mãe lá ficara a animá-la. Não valia a pena pensar mais nisso… E agora que ali estavam os três sozinhos, o que deviam era combinar bem os últimos preparos do casamento. Já tinham carro contratado? Por ele, tinha tudo pronto! Falara já ao pretor, também tratara o padre…

Lucila reapareceu por sua vez, muito pálida, com arzinho contrafeito e tímido, de consciência que vacila. Sentou-se a um canto, e pregou o olhar nos florões do tapete; não quis intervir nas combinações que os outros estavam fazendo.

Pensava:

Havia segredos naquela casa, que o noivo nunca deveria saber, que ela seria a mais interessada em encobrir e fingir ignorar…

Que vira um momento antes? A irmã invectivando a mãe por ter esvaziado o vidro de um ácido corrosivo. Por quê? porque Madalena amava o mesmo homem que ela, e tinha ciúmes e queria matar-se. Deveria ela por isso renunciar ao casamento? Para com a família, seria talvez esse o seu dever, mas para com o noivo?

O destino a escolhera a ela; devia obedecer ao destino. Se ela renunciasse a essa felicidade que a tentava, qual o proveito que de tamanho sacrifício tiraria a irmã? Se fosse possível ceder-lhe o noivo, não se veria Madalena na contingência de renunciar também?

A vida é o acaso. O acaso favorecia-a; a outra que tivesse paciência… Pelo desgosto da irmã ela também não podia gozar uma alegria perfeita.

A sua paixão vivia estrangulada pelo remorso. Mas o egoísmo era mais forte… sentia-o, e defendê-lo-ia até à morte.

A alma materna previra tudo. Aberto o armário, Madalena, ao procurar febrilmente o frasco de veneno, encontrara-o vazio, bem lavado! Excitada no desespero da decepção, revoltada contra a mãe que lhe penetrara os desígnios, os gritos irromperam-lhe do peito, raivosos, histéricos, enquanto os dedos enclavinhados [parecia quererem] esmagar o frasco inútil. 5

— Mamãe! Mamãe!

O som da própria voz, chamou-a á realidade. Calou-se espavorida. Dera o alarme. Cerrou então os dentes com força. Não responderia a nada, não diria nada, não falaria a ninguém. 10

E já a mãe estava a seu lado, de braços estendidos:

— Meu amor!

E já o pai aparecia interrogativo, aflito:

— Que é?

Oh, se ela pudesse voar, fugir pela treva da noite fora, com o seu sofrimento, só dela, e bem escondido! Quem não percebeu a seu lado foi a irmã, muito pálida, com os olhos engrandecidos pelo espanto. 15

D. Angélica atraiu-a ao peito, fixou-lhe o rosto desvairado, e, ternamente, devagarzinho, foi-a levando para o quarto. Isidoro acompanhou-as, insistindo: 20

— Mas afinal, que foi, que foi?

D. Angélica deitou a filha beijando-a, como era pequenina. Madalena então desatou a chorar em silêncio. A mãe desviou-se para um canto do quarto e chamando o marido, explicou em segredo: 25

— Ciúmes… também ela gosta do Raul. Era o que eu temia… Depois te explicarei tudo. Acho bom ires para a sala, inventa uma história que a desculpe…

— Diabo, então este casamento… 30

— Está tratado e já agora há de se realizar…

— Tens certeza de que não te enganas?

— Toda. Vai para a sala.

Isidoro saiu, com o olhar indeciso. Por que não lhe dera antes, Deus, filhos homens? Estava bem certo de que teria sido 35 mais feliz. Olhassem para aquela cena! Se um homem seria capaz de tamanha insensatez. Ciúmes, nervos, amor! quantas asneiras! Nem ele era de feitio a aturá-las. Uns feixes de nervos, as tais meninas, muito bonitinhas, muito decorativas, mas dentro? Confusão e mais nada. Muita confusão. Nem o diabo entende as mulheres. Quem diria que a sua Madalena, sempre tão sensata e boazinha, gritasse assim pela mãe como uma doida, só para dizer que estava com ciúmes da irmã!

Junto à cabeceira da filha, d. Angélica aconselhava:

— Recolhe-te por um mês ao colégio das Irmãs, já que não tens forças para assistir ao casamento de Lucila. É um desgosto para mim e para ela, que afinal não tem culpa, mas isso sempre será melhor do que praticares qualquer violência... Nunca te supus capaz de tais arrebatamentos. Ias cometer um crime de que não serias só tu a vítima. Eu sofreria muito! Não te parece que eu também mereça alguma coisa? Dize...

— Tudo.

— Então...

— Foi um desvario...

— Prometes-me ter paciência?

— Serei irmã de caridade.

— Não, minha filha, irás convalescer entre as tuas antigas mestras e voltarás depois curada para a tua casa.

Deves ser forte, preciso de ti. Lucila seguirá o seu marido, é o seu destino, tu ficarás a meu lado para me fechares os olhos na hora derradeira; quero levar neles a tua imagem. Por enquanto, recolhe-te ao colégio.

Informado mais tarde dessa resolução, Isidoro não a achou acertada. Embaraçavam-na os comentários dos convidados das bodas. Que suporiam eles da ausência de Madalena naquele ato solene? Se a desculpassem por doente, não faltariam pessoas bisbilhoteiras, como a mulher do sócio, para lhe varejarem a casa à procura da enferma.

D. Angélica observou:

— A anormalidade da situação explica outra qualquer anormalidade. Diremos que, como geralmente todas as gêmeas, Madalena e Lucila são inseparáveis. Explicaremos o nervosismo da nossa filha como provocado pela separação da irmã e a sua ausência como um ato de prudência da nossa parte…

— Os outros não são tão tolos como se te afigura…

— Em todo caso é uma explicação.

— É um disparate.

— Arranja outra razão!

— Não. Vocês as mulheres têm mais imaginação do que nós para as mentiras… Lavo as minhas mãos. Combina o que entenderes.

D. Angélica entendeu que a sua Madalena entraria para o colégio das irmãs, da rua do Matoso, onde aprendera a ler e onde criara amizades consoladoras.

Na manhã seguinte, ao entrar no quarto das filhas, encontrou-as deitadas na mesma cama.

Os seus lindos cabelos loiros confundiam-se no mesmo travesseiro, os seus braços nus entrelaçados pareciam querer unir-se para a vida e para a morte. Dormiam. Dir-se-ia que a mesma respiração levantava ao mesmo tempo o peito de ambas. A cama de Lucila estava intacta; ela passara a noite ao lado da irmã, enternecida e perdoada.

De pé, silenciosa, com os olhos inundados de ternura, a mãe não se queria arredar dali, daquele quadro de felicidade que ressuscitava para o seu coração. Suspirava porque aquele sono se prolongasse. Enquanto durasse a inconsciência, duraria a tranquilidade. Naquelas duas crianças, havia vinte anos que ela não via senão uma criatura única, não alterando as suas raras contradições a harmonia que pudesse conter uma só alma.

O casamento de Lucila encheu de povo a igreja de S. Francisco Xavier. As amigas lamentavam a falta da Madalena.

— Coitadinha, não tivera coragem de assistir ao casamento da irmã. Tão unidas que eram!

Pessoas idosas, de longa prática, aconselhavam d. Angélica a ter muito cuidado. — As gêmeas, quando se separam, às vezes até morrem de paixão!

Dr. Sérgio Bastos regozijava-se de si para si da prudência da menina, alegrando-se com a ideia de que ela se resolvesse a professar. A sua permanência em casa ameaçava a felicidade do filho... Fora bem inspirada a pequena! Afinal, ser irmã de caridade não é uma coisa do outro mundo... e dadas as circunstâncias que a sua perspicácia adivinhava, era até a única solução digna. Notava que nesse dia no filho transparecia uma preocupação qualquer, além do enleio do momento. Por que fugiriam os olhos de Raul de encontrar os seus olhos? Por que teria voltado a cabeça com tanta vivacidade ao ouvir comentar na sala a história do laço azul?...

Para ele, pai extremoso daquele filho único, a Madalena só tinha mesmo um caminho a seguir, insistia: professar; viver para sempre longe da família, da convivência perigosa e perturbadora do marido da irmã, rezando, gastando a sua beleza e a sua mocidade sob a touca branca da religiosa, enquanto a outra, amada e amante, resplandecesse em todo o fulgor da sua graça! Para sossego do filho, pareciam-lhe justos todos os sacrifícios dos outros... Que se cumprissem. Era um dever.

Quando, depois da partida do último convidado, o dr. Sérgio Bastos saiu por sua vez da casa de Isidoro Nunes, levava a alma leve. As suas responsabilidades estavam divididas.

O seu rapaz bem entregue, a uma família burguesa, simples, ao abrigo de cuidados de dinheiro que são sempre apoquentadores, com boa saúde e bom nome. Tivera tino, o Raul; podia apaixonar-se aí por alguma mulherzinha pobre e espevitada e acertara com uma moça dócil e simples. Quanto à irmã... O melhor seria não pensar na irmã. Também essa parecia entregue a um bom destino. O que o alegrava era a ideia de que haveria mais alguém, daí em diante, a zelar pela boa saúde do Raul. Isso aliviava-o dos sustos e preocupações costumadas. Era adepto do casamento.

Não devera tanto ao seu? Uma boa casa e uma boa mulher tornam o homem tranquilo e são duas excelentes condições para a prosperidade.

Para haver um *mas*, havia a profissão do filho, que é a de renúncia a todas as comodidades da terra. Marinheiro deve ter a alma como o corpo: livre. O hábito da separação torna as criaturas indiferentes e faz perigar a fidelidade do amor. Em todo caso, ainda nisso o seu Raul fora feliz, casando com uma menina que ficaria sob as vistas de uma mãe honesta e observadora. Grande alma! concluía ele, acendendo o seu charuto, a caminho da *Pensão*, onde ficaria até ao dia da partida do filho.

Esse dia não tardou. O navio partiria às três horas. Dr. Sérgio foi almoçar com os noivos. Eles, coitadinhos, não comeram quase nada, misturando o sabor das lágrimas ao das azeitonas e ao do presunto, que d. Angélica adicionara aos pratos corriqueiros, naquele almoço de despedida. O que valeu a todos, foi Isidoro não ter descido à cidade, porque na véspera torcera um pé. As pequenas contrariedades vêm às vezes em socorro dos grandes embaraços. Se não fosse o pé do Isidoro, dr. Sérgio teria ficado em face das lágrimas dos filhos, sendo para d. Angélica, sempre cuidadosa, todo o tempo pouco para os ouvir.

Assim, disfarçaram a pena da separação, conversando voluvelmente sobre coisas antigas do colégio; sestros de uns, glórias de outros, desgraças de muitos…

Isidoro não perdera de vista a maior parte dos colegas.

Sabia-lhes a vida, comentava-lhes a sorte. Quando a narração descambava para a tristeza, dr. Bastos, habilidosamente, com o seu risinho fino, puxava-a para o caminho da graça, lembrando um caso pitoresco, citando uma anedota…

E nunca a nora lhe parecera tão bem como nessa manhã de choro, com o narizinho vermelho, os olhos pisados, o corpo abandonado num vestido de cassa branca salpicada de amoras.

V

Trechos de cartas de Raul:

Minha adorada mulherzinha. Alto mar, a bordo do *Benjamin Constant*. — Não posso mais! A saudade adoece-me. A tua imagem não se esvai um momento da minha imaginação. Já não és mulher; és febre. Latejas nos meus pulsos, palpitas no meu coração; diluis-te na minha voz! Estás dentro do meu cérebro e da minha alma, tão obcecado estou de ti; e essa constante presença aumenta delirantemente a minha saudade! Pareço estranho a todos e a tudo, porque vivo abstraído no meu amor. Só me sinto melhor na solidão, porque a solidão está cheia de ti! A companhia dos outros altera-me. Sinto que me roubam à única felicidade que me é dado fruir, quando solicitam a minha atenção, dada sempre com má vontade, porque essa felicidade é fixar profundamente a tua fisionomia, supor o que estarás pensando, ressentir em pensamento os gozos da nossa curta convivência, e os que a anteciparam: os nossos olhares confundidos, o tremor das tuas mãos fugindo às minhas, os suspiros apenas adivinhados... Não durmo. As insônias alteram-me o organismo. Tenho tido acessos. O médico de bordo insiste em dar-me remédios. A minha salvação está longe... Nem tento explicar-lhe: não me entenderia. Nem o mais sábio dos homens compreende bem a voz de um namorado, e eu serei de ti um namorado eterno! Escreve-me. Escreve-me sempre. Dize que me amas; dize-mo com ardor. As tuas letras serão a tua voz!

Meia-noite (a bordo) — Deixo de falar contigo para escrever-te.

Até a hora que assinalo aqui, desde o anoitecer, estive debruçado na amurada, olhando para as ondas e para as estrelas, a dialogar contigo, meu doce, meu terno bem! E nada chegará à tua alma do que te digo no espaço infinito? Não sentes os meus beijos no teu corpo, a minha voz, ainda que como um murmúrio, nos teus ouvidos? De tudo que se irradia da minha alma, nada, mas nada chegará à tua? Explica-me. Conta-me tudo. Como pensas em mim? Sonhas? E no sonho como te apareço? Tu a mim como uma visão celestial, virgem candidíssima, inatingível e desesperadora! E és minha mulher. És minha e estás tão longe dos meus braços ansiosos e apaixonados...

Beijo-te, beijo-te, beijo-te... e morro!

~

Lisboa — Só em Lisboa a primeira carta tua e tão fria, tão incompleta! Não sei que falta à tua carta, meu amor, mas falta-lhe qualquer coisa. Dir-se-ia que a escreveste timidamente, como se eu não fosse teu marido. Cuidaste na caligrafia. Parece uma carta copiada. Escreve-me como se me falasses, sem meditar, espontaneamente e não corrijas nada. Olha, eu escrevo-te com beijos e beijos desordenados. Não me importa saber senão de ti, do teu afeto e do teu pensamento!

~

Hamburgo — Sinto na tua última carta o escrúpulo de parecer muito íntima. Escreveste-me pensando em outra coisa simultaneamente. Em quê? Deixas-me entrever uma hipótese divina, mas apenas entrever. Não és franca. Lembra-te de que sou teu marido e escreve-me sinceramente, como se falasses só para ti. Nesta carta parecias ausente de ti mesma, e eu sofro tanto!

Chegavam cartas de Raul por todos os correios. Lucila abria-as febrilmente, mas logo uma leve sombra de melancolia se lhe espalhava pelo rosto. As cartas do marido eram sempre cartas de namorado, idealizando bens que não pareciam ainda fruídos, como se ela continuasse a ser a virgem candidíssima, inatingível e desesperadora, que lhe aparecia nos sonhos. O que ela julgava perceber naquela saudade e inconsolável sofrimento era a ideia da irmã, confundida com a dela no cérebro do marido. Eram da irmã as mãos que fugiam às dele num tremor mal disfarçado, eram da irmã aqueles suspiros apenas pressentidos ou adivinhados...

Era o mistério da irmã que alterava em Raul a saudade da esposa, a mulher de verdade, a mulher simples e presa nos seus braços para sempre! Que faltara na carta que escrevera ao marido e que ele recriminava?

Nem a lágrima, borrando a tinta com que no fim escrevera o seu nome!

O que faltava ali eram letras escritas por Madalena; tão acostumado estava a confundi-las, que já não compreendia uma sem a outra. E agora?!

Madalena continuaria no colégio da rua do Matoso. Ninguém a tiraria de lá. Estava como num túmulo.

E ela? O marido não penetrara o pudor da sua confissão, ou mal se atrevera a penetrá-lo… E teria assim de dizer com maior clareza que seria mãe. Horrorizava-se pensando que germinassem no seu seio dois entes tais quais ela e a irmã. O alvoroto não era de alegria. Entrou também a definhar, sem dizer a ninguém a causa desse abatimento e só à noite, na solidão do seu quarto, as suas lágrimas ciumentas lhe desafogavam o coração pesado e dolorido. O palácio da ventura enganara-a. Transposto o limiar, encontrara dentro, como o poeta, a escuridão e o silêncio. De mais a mais a consciência recriminava-a pelo abandono da irmã, cuja ausência os pais não cessavam de lamentar. A casa parecia ter sido varrida pela morte. Passavam-se horas sem se ouvir a voz de ninguém. Ela vagava pelos aposentos, buscando inconscientemente a alegria que lhe faltava: a convivência da outra… a presença do marido; e não raras vezes percebia no gesto disfarçado da mãe o domínio de uma dor profunda.

Corriam os meses e as cartas de Raul chegavam sempre ardendo em chamas amorosas, até que faltaram em três correios sucessivos. Lucila alarmou a família. Saiu da sua atonia. Rebentava em cuidados, formulava hipóteses terríveis, telegrafou para a fazenda do sogro, chamando-o como para a salvar de um perigo.

Dr. Sérgio Bastos afivelou à pressa as correias da mala e atirou-se numa viagem expressa. A nora precipitou-se-lhe nos braços quando o viu.

Que diferença da suave Lucila que ele deixara, para a senhora que ele beijava agora!

Isidoro desculpava a insensatez da filha, alarmada só com a falta de três ou quatro cartas! Mas o dr. Bastos também vinha aflito. Ele recebera na véspera à noite uma carta do comandante do *Benjamin*, seu amigo, comunicando-lhe que o filho tivera de ficar num hospital de Toulon, com um tifo.

Calaram-se todos, num grande abatimento. Dr. Sérgio pensava em partir pelo primeiro paquete; mas não chegaria talvez a tempo nem de amortalhar o filho. Se o comandante participava o caso depois do décimo segundo dia da doença! Esperara antes que o mal diminuísse, mas o mal agravara-se. Ah! ele sabia bem o que eram essas febres da Europa. E vejam! o seu Raul fora sempre um rapaz saudável…

O que aterrava as senhoras era a ideia do hospital. Isidoro animava:

— A enfermaria é melhor que a casa particular. Por esse lado, ficassem descansadas…

Mas Lucila não ouvia razões. Exatamente, no fim da viagem, quando não faltavam senão dois meses! Também ela queria partir com o sogro, o seu lugar era lá, junto à cabeceira do doente…

Lembravam-lhe o seu estado. Seria impossível, partir… Insuflavam-lhe coragem. Dr. Bastos corria da agência do telégrafo para as agências dos paquetes e voltava para junto da nora suado, vermelho, com os olhos orlados de um roxo pisado, de vigília. Não havia lugar no primeiro paquete. Tudo cheio, desesperadamente cheio! Teimara com o agente. Tornaria a teimar. Embarcaria de qualquer modo. Mas esse primeiro paquete, só partiria dali a quatro dias e estaria a bordo mais de quinze dias, antes de saber do filho amado. E a resposta do telegrama, que não chegava! Dr. Bastos injuriava o cônsul brasileiro. Até que o pobre cônsul respondeu:

"Raul minha casa. Livre de perigo. Escrevo".

Novo conselho de família, em que o dr. Sérgio Bastos, já tranquilizado, perguntava perplexo, procurando dividir com os outros a sua responsabilidade:

— Vou ou não vou?

Já agora, resolveram, seria mais prudente esperar a carta anunciada.

Entretanto Lucila esmorecia. Não sabia explicar o que tinha, definhava. Chorava sem motivo conhecido, não dormia, e tinha impaciências — até que, numa linda madrugada, nasceu a primeira neta de Isidoro, que d. Angélica recebeu chorando nos braços amorosos.

Lucila ia de mal a pior; ardia em febre, indiferente a tudo, amodorrada. Era um vaivém de médicos. As conferências sucediam-se, as enfermeiras não descansavam; Isidoro já não saía, e dr. Sérgio instalara-se, muito solícito, à cabeceira da nora.

Foi assim que, numa tarde, em que todos supunham a doente acalmada e melhor, ele a viu expirar suavemente, como quem adormece... Pois logo no seguinte lhe chegou às mãos uma carta do seu amigo cônsul, dizendo:

"Seu filho pensa em partir para aí no fim do mês, embora os médicos não aprovem essa resolução, mas temem contrariá-lo, porque ele está excessivamente nervoso. É prudente pouparem-lhe qualquer emoção; até que o estado ainda melindroso em que ele está, passe de todo. Dentro de uns trinta ou quarenta dias vocês aí o terão."

VI

Caía a tarde. A sineta do colégio chamava as educandas à oração, na capela. As aves procuravam o ninho nas copas ramalhudas das mangueiras do parque.

— Nada comove a natureza, pensava o dr. Sérgio, observando a doçura da tarde, em que o vulto alquebrado de Isidoro Nunes, vestido de luto, se destacava subindo a rampa do jardim.

No parlatório mal esperaram por Madalena, que apareceu logo, muito pálida, de olhos pisados.

— Filhinha, venho mais uma vez pedir-te que voltes para casa...

— É impossível.

— Tua mãe está muito só.

— Pedirei a Deus que lhe dê coragem.

— Deus quer que os filhos sirvam de amparo e de consolação a seus pais.

— Deus quer que eu me faça religiosa.

Isidoro baixou a cabeça desanimado, sentindo a firmeza inquebrantável da filha. Dr. Bastos interveio, com os olhos rasos d'água, fazendo-se muito humilde:

— Madalena, deixe que a nossa voz entre no seu coração. Escute: também eu venho pedir-lhe um sacrifício enorme, não se ofenda e pense que não é um homem que está aqui a seu lado, mas um coração de pai. Raul deverá chegar dentro de oito dias. Sabe... ele esteve à morte, e os médicos pedem-me que lhe evite grandes comoções. É o mesmo que me ameaçarem com a loucura do meu rapaz, caso sofra um abalo, para o que não está prevenido de nenhum modo... Nesta última carta então, parece de propósito, ele só fala na alegria de abraçar a mulher e a filhinha...

Houve uma pausa. Madalena olhava para o dr. Bastos sem pestanejar. Ele continuou:

— Venho suplicar-lhe uma ação piedosa, o engano de uma hora só, enquanto o possamos preparar para a verdade terrível... A senhora voltará depois para aqui, para a sua religião, mas salve meu filho, por piedade...

— Não entendo...

Isidoro auxiliou o amigo:

— Fingirás ser Lucila, durante os primeiros instantes da chegada do Raul...

Madalena não respondeu, mas teve um movimento tão forte de repulsa, que o pai suplicou, a chorar:

— Madalena!...

— Não, meu pai, não...

Dr. Sérgio deixou-se cair numa cadeira, lívido e calado.

— Tens o coração duro, minha filha. Uma hora na vida passa-se depressa. Que te importa mais um sacrifício, se com ele salvarás, talvez, a razão de um homem?

— Lucila não me perdoaria...

— Lucila morreu.

— Agora, melhor do que nunca, ela conhece a minha alma!

— Pois é ela, que te implora pela minha boca que protejas a razão de Raul.

— Ele terá de saber.

— Mas não de repente. Sabes que ele teve uma febre cerebral, que vem fraquíssimo, nervoso, predisposto a um mal pior que a morte… Dr. Sérgio imagina que a tua presença atenuará a vibração do golpe, e tua mãe aprova essa ideia…

Madalena cerrou as pálpebras, para reter as lágrimas: os lábios tremiam-lhe. Parecia de cera.

— Tem paciência, minha filha; é mais um sacrifício!

— Muito grande…

— Muito grande, mas tens a alma forte. Vem. O teu papel é doloroso. Raul saberá pela tua boca, da morte de tua irmã…

— É um pecado…

— É uma esmola.

Para Madalena, o pecado, que ela media até ao fundo, consistia no rompimento de um voto que fizera de fugir ao marido da irmã, até serenar de todo o coração para a tomada do véu. A presença desse homem alvoroçava-lhe a alma, agora comprometida com o Senhor!

Dr. Sérgio calara-se, desanimado, olhando para o chão muito lavado, da sala. Isidoro fixava a filha com mágoa, mesclada de censura.

Depois de um largo silêncio, insistiu:

— Decide-te, Madalena… vem!…

— Perdoe-me… não posso. Raul é um homem, não lhe devem adiar, por meio de um embuste, o desgosto por que forçosamente há de passar!

— Repara minha fi…

Dr. Sérgio levantou-se com ar decidido, e, interrompendo com um gesto a nova súplica de Isidoro, despediu-se secamente da moça. Saíram ambos, e já desciam a rampa, quando Madalena se atirou chorando, para a porta, decidida a chamá-los e a partir. Mas uma irmã de caridade que entrava no momento interceptou-lhe a passagem. E dois braços se abriram diante de Madalena, que se deixou cair neles, soluçando alto.

D. Angélica acalentava a netinha, que de hora em hora achava mais bonita, ouvindo, na sala ao lado, os desabafos do dr. Sérgio contra a religião. Isidoro concordava; realmente, dizia ele, Deus tirava-lhe as filhas por todos os modos!

Ajeitando o corpinho da criança nas flanelas do cueiro, d. Angélica decidiu ir por sua vez induzir Madalena a voltar para casa; e, para que se não azedassem ainda mais contra a filha, não confiaria a ninguém a sua tentativa, certa de que ela falharia também.

No dia seguinte de manhã, pôs-se a caminho. Não estudara argumentos; deixaria o coração falar. Madalena sobressaltou-se ao vê-la:

— Como a senhora está magra...

— De saudades, talvez; é o meu único mal...

Madalena cobriu-a de beijos. D. Angélica chorou. E depois:

— Não perguntas pela pequenina?

— Ah... sim.

— É muito bonita, com um mês apenas já sorri! Começa a engordar, sinto que daqui a pouco já não poderei com ela. Fogem-me as forças. Parece-me impossível que eu carregasse duas crianças ao mesmo tempo ao colo, como carreguei.

Preciso que vás olhar por ela, já não digo por mim; mas a sorte da filha de minha filha preocupa-me muito. O pai... não sei que doença teve... dizem que vem contra a vontade e a opinião dos médicos... ainda muito fraco... depois, é homem, não pode olhar pela menina... Uma criança dá muito trabalho; esta vida é mesmo assim. E eu quero que a filha da minha Lucila seja feliz...

— Eu...

— És a minha única filha, a minha esperança, a minha consolação. O teu quarto está arrumadinho...

Mandei lavá-lo ontem. Fiz eu mesma hoje a tua cama... o bercinho da criança vai ficar no teu quarto. Tens mais saúde, tomarás conta dela durante a noite; eu de dia, sempre é mais fácil... É uma grande responsabilidade, criar uma órfã de mãe! Se eu fosse mais moça… mas, enfim, tu olharás por ela como se foras a própria Lucila; é a minha esperança… é a minha vontade… é o teu dever.

— É o meu dever… Mas tenho também outro dever.

— Qual?

— No dia, na hora mesmo em que Lucila se casava… fiz, chorando, de joelhos, diante do altar, a promessa de esmagar todos os sentimentos humanos que me prendiam à terra, e ir ser religiosa.

— Deus não aceitou a tua promessa, porque te chama para meu lado pela boca inocente de um anjo…

— De mais a mais… eu tenho medo…

— De quem?!

— *Dele*…

Madalena corou até à raiz dos cabelos.

— Tu o salvarás se quiseres, dizem…

— O que me propuseram é absurdo e é indigno.

— Foi uma ideia do Sérgio, coitado; ele deseja que tu continues a outra… Percebo a intenção e desculpo-a. Está acabrunhado. É muito nosso amigo, agora não sai lá de casa… Não imaginas o silêncio!… Bem; a minha Lucila deve estar com fome… dá-me outro beijo, mais outro… Nunca me dês um beijo só. Também para mim és uma continuação… Tive duas, não tenho nenhuma…

Madalena olhou em silêncio para a mãe, cujo sorriso forçado mais lhe enrugava o rosto envelhecido. Nem uma censura passara por aqueles lábios descorados e meigos…

— Adeus, minha filha… sê feliz…

Madalena estremeceu. Uma piedade infinita encheu-lhe os olhos d'água.

— Feliz? longe da minha mãezinha? Não! Eu vou também, espere; seria uma injustiça!

Minutos depois, mãe e filha desciam juntas à rua, a caminho de casa.

— Vais ver, dizia d. Angélica; a nossa Lucila está ficando redondinha... Pusemo-lhe o nome da mãe, porque assim ele continua vivo, animando a casa... Teu pai está um avô candongueiro. Sérgio também... somos três velhos piegas! Tu salvarás tua sobrinha, que sem ti ficaria perdida de mimos...

Um certo dia, d. Angélica fez abrir todas as janelas da casa. O berço da pequenita foi trazido para a saleta. Toda a família se vestiu de claro... Era um sacrifício feito por amor da morta, para lhe salvarem o marido, que não tardaria a chegar; já Isidoro e o Sérgio tinham ido esperá-lo ao cais.

D. Angélica engolia as lágrimas, revoltada no fundo contra aquela espécie de ingratidão; mas com pena do dr. Sérgio não lhe quisera negar essa vontade... Madalena, toda de branco, sentara-se ao lado do berço, que embalava docemente. Tremia. Qual deveria ser a sua atitude? Por mais que ensaiasse em espírito o seu papel, temia não o poder representar, e suplicava à mãe:

— Não me abandone nem um momento... Não terei coragem de ficar só com ele...

Eram duas horas quando o automóvel parou à porta. Madalena escondeu o rosto nas dobras do cortinado do berço. O coração batia-lhe loucamente, desordenadamente.

— Coragem! disse-lhe a mãe; e caminhou para a porta. Raul entrou de braços abertos, chamando alto:

— Lucila! Lucila!

Madalena colheu a criança com rapidez e apresentou-a ao guarda-marinha:

— Lucila está aqui!

E com a pequenita muito unida ao peito, mal permitiu ao moço abraçá-la. Entretanto ele contemplava-a, feliz:

— Ainda me pareces mais bonita... meu amor! Estás tão linda; mas tão trêmula... tão pálida... choras?! É a comoção! Meu amor, meu amor!

Acudiram todos em auxílio de Madalena, rodeando-a, chamando a atenção do pai para as perfeições da filhinha. Que reparasse na formosura dos seus olhos azuis... E o narizinho?

uma perfeição! Vira nunca boca de criança tão bem talhada? O encanto era vê-la nuazinha, no banho! Ele vinha melhor do que esperavam. Ainda bem! E a viagem? Que contasse tudo!

— Ah! a viagem reanimara-o! Embarcara contra a vontade de todos. Mas falaria disso depois. Agora só queria saber da sua ventura. Estava feliz, muito feliz, ao lado da sua mulherzinha adorada.

Isidoro, dr. Sérgio, d. Angélica, prolongavam de propósito a palestra, repetiam perguntas, diziam banalidades.

Houve um momento em que Raul exclamou:

— Acho todos mais magros, abatidos... esquisitos... E Madalena?

Entreolharam-se aflitos; mas o dr. Sérgio acudiu: que a moça ia bem. Raul não se fartava de olhar para a mulher, confessando encontrar nela maiores encantos, mas uma tal reserva! E lá consigo supunha: — é a presença dos pais que a intimida.

A situação prolongou-se, tanto quanto a habilidade dos velhos conseguiu prolongá-la. Mas Madalena sufocava, não podia mais! De repente, sacudindo a perturbação horrível que a oprimia, fez sinal aos pais que saíssem. D. Angélica esgazeou os olhos. Estaria sonhando? pois a filha não lhe pedira que a não abandonasse?! Percebendo o seu espanto, e para acabar de convencê-la. Madalena entregou-lhe a criança, dizendo:

— São horas de lhe dar a mamadeira, sim?

D. Angélica recebeu a criança com um gesto lento e absorto.

Tinha chegado a hora dolorosa. Dir-se-ia que de todos aqueles rostos iam cair máscaras, de repente. Dr. Sérgio tremeu e pôs-se a tatear, como à procura, um botão de camisa que lhe não saíra do lugar.

Raul observou:

— É extraordinário, vocês parecem-me todos muito mudados, misteriosos... que houve?... Dize... ah, não, não digas; o que se passou, passou, e o que me importa agora é gozar a delícia de estar a teu lado, minha mulher!... Mas que tens?!... por que te afastas? Beija-me e deixa-me beijar-te! Estás linda, sabes? Linda como nunca! A saudade espiritualizou o teu rosto, és bem a realidade do meu sonho, e a alegria de todo o meu futuro. Agora não nos separaremos mais, nunca mais, nunca mais! Vem, abraça-me!... Mas que tens tu?! por que me foges?... Que pudor é esse, que te alvoroça, ao ponto de fugir-me... Afinal, tu és minha mu...

Madalena recuara, e olhando fixamente para o cunhado, agora atônito, suspenso, prendeu vagarosamente ao peito o laço azul que tinha trazido amarfanhado nas mãos.

— Que quer dizer isso, Luci.

Raul estacou, muito pálido.

Em pé, diante dele, cheirando a rosas, iluminada por uma paixão que já não precisava esconder-se e que a transfigurava, tornando-a mais encantadora, Madalena contemplava-o de face.

Oh, era bem ela, essa criatura adorada cuja imagem não o abandonara um só instante, na dolorosa ausência. Duvidando da sua razão, Raul estendeu as mãos súplices. No vestido branco da cunhada o laço azul tomava a seus olhos proporções enormes. Desorientado, inquiriu, passados instantes, com os lábios brancos a tremerem:

— Lucila, a minha Lucila?...

Madalena apontou para o céu.

— És então Mada...

Por única resposta, a moça abriu-lhe os braços. Ele precipitou-se, apertando-a ao peito e repetindo como um doido:

— É mentira, é mentira, dize-me que me mentiste, e que me amas, Lucila!

E Madalena murmurou quase desmaiada:

— Adoro-te...

No fim de alguns meses de luto, dr. Sérgio Bastos pediu ao seu velho amigo Isidoro Nunes a mão de sua filha para o Raul.

Nessa mesma tarde d. Angélica saiu sozinha e foi enfeitar de flores a sepultura de Lucila. Era o seu culto. Era a sua devoção. No meio das lágrimas, a pobre senhora pensava, rezando, que não há amor que triunfe sem sacrificar outro amor...

O dedo do velho

Whether this be
Or be not, I'll not swear[1]

SHAKESPEARE, *The Tempest*

I

— Quem está aí?

— Quem está aí?

Eram quase duas horas. Claudino Senra estaria acordado havia uns dois minutos quando sentiu dar volta à chave da porta do terraço para a biblioteca, contígua ao seu quarto de dormir. 5

Receando estar ainda iludido por um resto de sonho, repetiu a pergunta:

— Quem está aí?

Nenhuma resposta, como das outras vezes. Soerguido na cama, com um cotovelo fincado no colchão, ele arregalou os 10 olhos para a porta e apurou o ouvido. Alguém deslizava agora pela sala, com pés de lã e abria a grande estante de jacarandá envidraçada, cuja porta rangeu num gemido, que foi logo abafado. Não, agora não podia haver dúvida, aquilo não era uma ilusão; ele tateou a cabeceira à procura do cordão elétrico e acendeu a 15 lâmpada, ao mesmo tempo que pensava, com um calafrio:

1. Em tradução livre: "Se isto é / ou não real, não posso jurar". Ato V, cena I de *A tempestade*. [N. E.]

— Tenho ladrões em casa. O estúpido do Antão esqueceu-se de fechar bem as portas… E agora? O melhor seria talvez ficar quieto na cama e fingir que durmo; porque, afinal, não sei se terei de lutar com um homem só, ou se com mais… Seria mais prudente talvez deixar-me roubar e não arriscar a minha vida; mas agora é tarde, devem ter percebido que acendi a lâmpada.

Estas reflexões passaram como um relâmpago pelo cérebro de Claudino, ao mesmo tempo que ele saltava da cama e tirava da gaveta do criado-mudo o seu velho revólver, de cujas boas funções já infelizmente duvidava um pouco. Vacilou ainda: seria melhor correr à biblioteca ou esperar ali a pé firme e de arma em punho, que aparecesse alguém? Esperou, até que viu abrir-se de par em par a porta do seu quarto, sem o mais leve ruído. Quis fazer fogo; o gatilho do revólver estalou em seco. Mas fazer fogo contra quem? A porta parecia ter sido aberta por um sopro que arrefecia toda a temperatura do aposento.

Com os cabelos em pé, e a coragem dos momentos decisivos, Claudino caminhou até à biblioteca, num arremesso, para estacar entre os batentes procurando alguém com a vista. Não viu ninguém; mas reparou que a sala estava iluminada pela lâmpada móvel da sua secretária, que ele apagara ao ir deitar-se. Quem a reacendera? Quem tinha aberto a porta do seu quarto? Alguém, que se escondia, naturalmente agora por detrás do reposteiro da porta, ou que fugira ao senti-lo aproximar-se. Havia de ser isso.

A essa ideia, Claudino caminhou para a porta do terraço, apontando o revólver para diante, com braço firme; temendo ao mesmo tempo que atrás do reposteiro estivessem escondidos malfeitores que lhe saltassem em cima. Com assombro verificou que por trás dos reposteiros não havia ninguém e que a porta para o exterior fora, além de fechada à chave, trancada por uma larga barra de ferro, pelo seu criado Antão. Na biblioteca não havia outras portas além dessa e a do seu dormitório. As janelas estavam fechadas. Claudino investigou então por baixo dos móveis, atrás do biombo e atrás de uma colcha da Índia pendurada na parede, à guisa de ornamento.

Não vendo ninguém, voltou ao seu quarto de cama, esquadrinhou todos os cantos, abriu o guarda-casacas, arredou o divã do canto, sacudiu os almofadões, como à espera de ver cair deles os ladrões em forma de farelo e, não vendo nada, nada, refletiu que tinha sido vítima de uma ilusão. Fora certamente ele quem se esquecera de apagar a lâmpada, embora tivesse a lembrança nítida de o haver feito. Preferia duvidar de si a acreditar que uma pessoa qualquer tivesse penetrado em sua casa pelo buraco da fechadura... O que tinha agora a fazer era ir apagar a luz e vir dormir sossegadamente o seu resto de noite. Para isso voltou quase tranquilo à biblioteca, mas logo ao entrar observou que a lâmpada mudara de posição, inclinando-se agora para a estante de jacarandá completamente escancarada.

Claudino estremeceu violentamente. Quem teria vindo inclinar a haste da sua lâmpada para o lado exatamente oposto àquele em que a tinha visto, ainda há poucos minutos?! No assoalho não havia alçapões; nas paredes não existiam saídas falsas; para o teto não havia escadas nem aberturas... que seria aquilo? Lembrou-se então de ter ouvido ainda da cama o ranger da velha estante manuelina de vidraçaria lavrada, onde o pai em vida acumulara as grandes obras clássicas das mais famosas literaturas, e que ele jamais folheara, por falta de tempo e de curiosidade.

A luz derramada pela lâmpada incidia agora francamente para as lombadas bolorentas dos livros velhos, alinhados no armário. Teriam tido os clássicos seculares a fantasia de virem do outro mundo rever os seus pensamentos escritos?

O silêncio era absoluto. Quantas horas faltariam ainda para que a luz do sol viesse espancar aquela agonia extravagante? Claudino quis saber. O homem enlaça todos os acontecimentos extraordinários da sua vida à ideia exata do tempo. Nas circunstâncias as mais desorientadoras e imprevistas, não se esquece de consultar o relógio, como a mais expressiva das testemunhas a invocar, ou a citar depois. Nos assaltos, nos assassínios, nos naufrágios, nos incêndios, em todos os lances de delírio, de susto, ou de clamor, há sempre alguém que se não esquece de fixar no relógio um olhar de interrogação, e que guarde na lembrança agitada a sua resposta impassível.

Procurando reagir contra as próprias impressões e tentar com toda a clareza de consciência uma prova decisiva, Claudino apagou de novo a lâmpada da sala e voltou para o quarto, ainda iluminado, a ver as horas no seu cronômetro. Eram duas.

Curvava-se ele ainda sobre a mesinha de cabeceira, quando um leve estalido o fez voltar depressa a cabeça para a porta e perceber que a lâmpada que ele tinha apagado, acabara de ser reacendida. Um frio de doença percorreu-lhe o corpo. Estaria ele louco? Apalpou-se todo para certificar-se se seria ele mesmo em carne e osso quem ali estava de pé, hirto de susto, no seu próprio quarto, junto à cama desfeita. Ocorreu-lhe então chamar o criado. Era um idiota, mas em tais conjunturas até na companhia de um gato encontraria alívio. O diabo era que, para acordar o bruto do Antão, teria de percorrer um corredor comprido e de passar por várias portas... Teve medo. Um medo de mulher, um medo de criança. E pôs-se a pensar, com um esforço horrível:

Estarei eu bêbedo?... Com quem estive antes de me deitar?... mas eu nunca me embebedei!... quem sabe... mas por onde andei eu ontem?... a que horas me recolhi a casa?...

O seu espírito estava incapaz de conjugar duas ideias. Varrera-se-lhe tudo da lembrança. Moveu repetidamente a língua e os lábios, a experimentar se sentia no paladar o sabor do vinho terrível que o tivesse embriagado, mas a boca não lhe sabia a nada; e nunca o nada lhe pareceu tão complicado. Querendo atribuir os fenômenos que presenciava a qualquer alteração do seu organismo físico, acabou por se querer convencer de que fumara na véspera em demasia.

Sim, não podia ser outra coisa.

O que lhe competia agora fazer era voltar serenamente à sala, abrir a janela à frescura do ar livre e esperar que tudo passasse. Assim fez, mas ao transpor a soleira da porta, estacou boquiaberto.

Em cima da mesa, bem exposto à claridade da lâmpada elétrica, estava aberto um dos grandes livros da estante e, como se mão invisível o manuseasse, as suas folhas viravam-se lentamente, sossegadamente…

Senhor! continuaria o delírio?! Com os olhos esbugalhados, a garganta áspera e seca como se tivesse engolido alfinetes, Claudino aproximou-se da mesa, apoiou-se nela com as duas mãos e olhou. Viraram-se ainda algumas folhas, depois o livro permaneceu por algum tempo imóvel, até que sobre o papel amarelado apareceu um dedo de homem, um dedo velho que, desusando sob várias linhas, fixou-se por fim sob uma só frase.

Era um dedo indicador, pálido, magro, nodoso, de pele engelhada, e unha curta, da forma e da cor de uma escama de peixe. Claudino compreendeu a insistência: ele deveria ler aquelas palavras e compreender-lhes o sentido. Mas como? Na sua confusão nem sabia em que língua elas estavam escritas! Olhava para os termos impressos no claro português de Francisco Rodrigues Lobo, como se olhasse para hieróglifos enigmáticos.

Entretanto, o dedo insistia, insistia com uma tal firmeza, com tal obstinação, que Claudino acabou por compreender:

"Socorre Lourenço e põe os olhos no seu exemplo".

Não bastava compreender: seria preciso ler em voz alta, porque o dedo continuava da primeira à última palavra, apontando sempre aquela mesma linha em toda a página de prosa cerrada.

Claudino conseguiu por fim articular sílaba por sílaba, numa voz que não lhe parecia a sua, a esquisita frase apontada pelo dedo do velho — que então se desvaneceu, deixando aberto sobre a mesa o livro oferecido pelo autor a Sua Majestade o senhor d. João v.

E nada mais de anormal se passou na biblioteca de Claudino, nessa noite de assombro. Tonto, e duvidando sempre da sua imaginação, correu a escancarar a janela e a debruçar-se para a rua. Queria companhia; a solidão apavorava-o. Embaixo, os varredores, como sombras de bruxaria, moviam as compridas vassouras espalmadas, de raízes secas. Dois deles desciam a encosta com a posição da vassoura invertida, esgalhando para o ar, como dedos descarnados de mãos enormes, a sua rama nua. Um nevoeiro, muito delgado, envolvia-lhes as figuras negras, desmaterializando-as; em todo caso aquele *rus*, *russ*, *russs*, das vassouras municipais e aqueles vultos de gente viva, asseguraram uma relativa tranquilidade aos nervos do Claudino. O ar fresco dissipou-lhe também um pouco o terror das impressões e ele conseguiu refletir um momento:

Quem seria esse Lourenço, a quem deveria levar auxílio, e qual a espécie de auxílio? Pôs-se então a ver se descobria no vasto círculo dos seus conhecimentos, alguém com um tal nome. Mas, nem parente, nem amigo, nem conhecido! O acertado seria voltar para dentro e procurar uma elucidação. Mas hesitou. Havia alguma coisa que o prendia à janela... Um dos varredores ousou cantarolar a meia voz, soturnamente, para não acordar os que dormiam, e ele teve ímpetos de lhe gritar que cantasse mais alto, que despertasse toda a gente daquele sono, que parecia o da morte... Medo? estaria ele com medo aos trinta e três anos, não tendo nunca antes em sua vida experimentado semelhante impressão?

Aos sete, lembrava-se bem, ia a qualquer quarto escuro sem temor e àquela mesma biblioteca quantas vezes subira sozinho à noite, por ordem do pai, a buscar tal ou tal livro, sem que lhe tremesse nas mãos o castiçal com a vela? Se ao menos pudesse coordenar agora duas ideias que o orientassem! Mas, ao contrário disso, os seus pensamentos, desligados, voltavam-se para ele na forma ansiosa da interrogação.

A voz soturna do varredor, cantarolando na sua melopeia monótona, de baixo profundo, dilatava ainda mais a sua impressão de mistério e de sofrimento. Olhou para as costas e para as palmas das mãos, fixou as unhas, bateu de novo rijamente no peito, como a verificar se era realmente ele quem estava ali, dentro daquele enredo. Estaria doido? por que razão? a sua saúde era excelente... os seus negócios corriam bem... os seus amores não o atormentavam... Não; ele não estava doido: vira, ouvira e lera aquelas coisas singulares em perfeito estado mental. Entretanto, se no dia seguinte fosse contar a algum médico o que se acabava de passar, que diria o tal médico? — Nervos! e indagaria sem tardança se teria havido alguns casos de loucura na sua família... E assim como ao médico, se contasse essa história aos seus amigos, todos se ririam dele e sempre que o cumprimentassem não se esqueceriam de lhe perguntar pela sua alma do outro mundo... Seria ele sonâmbulo? Não. Tinha bem nítida a consciência de se ter levantado da cama perfeitamente desperto, de ter ouvido dar volta à chave do terraço e ouvido passos pela biblioteca. E a lâmpada? e aquele dedo curto, engelhado, de unha cortada rente e redondinha como a escama de um peixe?

Que extravagante visão...

O homem calou-se. Uma carroça rodou na calçada, e as sombras dos varredores sumiram-se no fundo da rua enevoada.

Claudino atirou-se na cama como um fardo.

Aquela casa da rua do Costa Bastos era herança de família, que toda morara ali desde os tempos do velho desembargador Aleixo, duas vezes ministro de Sua Majestade o Imperador e pai do juiz dr. Cláudio, morto de uma congestão ao formular uma sentença famosa. Não havia mulheres em casa; Claudino sublocara o primeiro andar a um alfaiate italiano, reservando para si e seu criado Antão os compartimentos superiores. Pouco lhe importava, de resto, que a casa fosse alegre ou triste: não a ocupava senão para mudar de roupa ou para dormir. Associado numa casa comissária alemã, saía para a rua todas as manhãs às oito horas, sendo sacudido do seu sono às sete pelo seu velho criado. Era rijo de carne, de ar desanuviado, não acreditava em Deus nem no diabo; mastigava bons bifes com os seus trinta e dois dentes naturais, tinha sempre mulheres apaixonadas por si e começava exatamente agora a sentir-se enleado por uma intriga de amor, deliciosa.

Quando nessa manhã o Antão foi chamá-lo, ele deu um berro, que o deixasse dormir. O criado não se convenceu. Tinha ordem para, em casos de relutância ir até ao beliscão. Até ao murro. Insistiu, até ver o patrão arregalar os olhos.

O senhor hoje custou a acordar... pois olhe, ontem até se deitou mais cedo do que o costume... Eu também sou assim: quanto mais durmo mais vontade tenho de dormir. Seu café está frio...

— Tive um pesadelo horrível, Antão.

— Alguma coisa que o senhor comeu lá fora.

— Não comi nada.

— Então foi fraqueza...

— Qual fraqueza!

— O senhor devia estar mesmo incomodado, para se esquecer do lampião aceso, e da janela aberta!

— Hein?!

— A lâmpada da secretária...

— Cala-te! Vai aquecer o café...

Então não tinha sido um pesadelo!... A lâmpada... Toda a cena noturna se reproduziu no seu espírito e ele saltou para o escritório, a verificar se lá estaria também o livro em cima da mesa... Sim, tanto o livro em cima da mesa como a estante escancarada de par em par! Claudino esfregou os olhos, curvou-se para a página do velho volume de Rodrigues Lobo e logo a sua vista caiu em cima desta frase:

"Socorre Lourenço e põe os olhos no seu exemplo."

Quando o Antão voltou com o café, encontrou o patrão com cara de idiota.

— Dize-me cá, Antão. Lembras-te de algum amigo meu com o nome de Lourenço?

Não, senhor. Só se for seu Gil.

— Ora, que ideia! Gil é Gil, Lourenço é Lourenço!

— Então, seu Braga.

— Esse é Ernesto... Outra coisa: não ouviste nenhum rumor esta noite, na vizinhança do teu quarto?

— Homem, parece que o alfaiate esta noite cozeu na máquina até que horas! O senhor também ouviu?

— Não. Eu não ouvi nada. Hoje não vou ao trabalho. Prepara almoço para mim, depois hás de ir levar uma carta lá ao negócio.

Antão espantou-se, calado. Era a primeira vez que tal acontecia em dia de semana. Claudino tornou a ler a frase, examinou em silêncio todos os cantos da casa, e, ao mesmo tempo que fazia a sua toalete, indagava da memória ingrata onde teria ele jamais conhecido um Lourenço. Com o espírito mais repousado, sabia agora perfeitamente ter estado, na véspera à noite, em casa de uma família burguesa e pacata, onde bebera, por satisfazer certas instâncias, uma xícara de leite, mugido, com certeza, de uma vaquinha também pacata e mansa…

Em todo caso tomou na sua carteira a data do dia e anotou a singularidade da aventura noturna em que se sentira envolvido. Deliberou depois ir consultar um médico amigo, embora tivesse receio do ridículo…

Foi só ao finalizar o almoço, ao descascar a sua deliciosa seleta, que ele se lembrou de repente de um rapaz alto e pálido que vira por duas ou três vezes em casa de Cora e que, se bem se recordava, parecia ter esse nome, embora o denominassem quase sempre pelo apelido.

Era um sujeito meditativo, dado a leituras filosóficas e pianista distinto. Mas que motivo poderia haver para que ele se interessasse por uma criatura com quem mal tinha trocado meia dúzia de frases e cuja existência lhe era indiferente? Não, não podia ser esse. Se algum Lourenço havia a quem devesse socorrer, teria de ser um outro!

Chamou o criado e recomendou-lhe que lhe remexesse a carteira, os bolsos, as gavetas, a casa, a ver se encontrava algum cartão de visita ou carta assinada com esse nome.

E, enquanto o Antão mergulhava os dedos nodosos nas algibeiras do seu *smoking* e da sua casaca, ele pensava de si para si, se não estaria prolongando estupidamente uma aventura a que a luz do dia deveria ter posto o ponto final.

"Fui vítima de uma alucinação. Quem tirou o livro da estante e acendeu a lâmpada fui eu… sonhando, talvez, e tornei a deitar-me… acordei sob a impressão de um sonho… e tudo mais decorreu disso mesmo. Não foi outra coisa… Em todo caso, já agora, por curiosidade, se encontrar o endereço do tal Lourenço, irei procurá-lo. Não sei como lhe hei de explicar a visita, mas há de ocorrer-me um pretexto, se, com a presteza com que lhe levar o socorro, ainda o encontrar vivo!…"

O endereço apareceu, depois de muito trabalho.

Escovando-se para sair, Claudino ia dizendo:

— Tu és um grande descobridor, Antão. Se eu estivesse de veia, levava-te ao bispo, para crismar-te com o nome de Cristóvão Colombo… Dá-me o meu chapéu…

— O senhor leva a chave da porta?

— Não. Espera hoje por mim; faze a tua cama na biblioteca, quero que observes o meu sono. Se me vires levantar de noite, sacode-me com força; entendeste?

— Entendi…

— Janto fora. Com que, então, este senhor Lourenço R. Trigoso, mora no Engenho de Dentro?… É longe como diabo… Pois vou lá!

Claudino desceu a escada, mas, antes de pôr o pé na rua, chamou o Antão para uma outra ordem:

— Olha: deixa também na biblioteca um regador cheio d'água fria. Se eu não acordar aos teus safanões, molha-me sem piedade!

II

O automóvel ia a toda velocidade. Sentindo o ar bater-lhe no rosto, Claudino desanuviava-se de pensamentos enervantes. Teria tempo de cogitar nas suas fantasmagorias quando chegasse ao seu destino; preferia entreter agora a imaginação com os seus negócios, que iam bem, e os seus amores, que também não iam mal.

Tinha exatamente no bolso, havia já dois dias, uma carta de Cora, marcando-lhe uma entrevista para a noite imediata, dando aquele passo, dizia ela, animada pela ausência do marido, que partia para o Sul a escolher gado para uma das suas propriedades rurais. Abençoada ideia de homem! que todos os touros, carneiros e cavalos que ele adquirisse se multiplicassem assombrosamente, em seus pastos, nos mais numerosos e belos exemplares das raças respectivas. Para ele bastava-lhe a glória e a delícia de beijar-lhe a mulher; e, ora, isso não era fortuna de que outro qualquer se pudesse gabar. Cora, com toda aquela estonteadora beleza de loira, que Deus lhe dera e o diabo lhe acrescentara com as suas artes, era de uma honestidade proverbial na própria roda dos maledicentes. Ele mesmo não se sabia explicar a facilidade daquela conquista. Havia só dois meses que frequentava a casa dela e já há muitos dias as suas mãos se encontravam em movimentos furtivos e os seus pés se procuravam embaixo da mesma mesa em que o marido, cabeludo e trigueiro como um turco, fazia e desfazia paciências, muito calado, ruminando cifras.

Coubera-lhe a ele, Claudino, a dita de quebrar o gelo daquela mulher virtuosa e de lhe dar frêmitos de desejo ao corpo esguio e branco como os das virgens das iluminuras. Raciocinando um pouco, isso afinal não o devia admirar, visto que a sua modéstia não ia até à tolice de desconhecer o valor do seu espírito e o garbo das suas exterioridades. Seria mesmo um imbecil se se não considerasse um bonito rapaz e ainda com a circunstância favorabilíssima de se vestir sempre no melhor alfaiate do Rio de Janeiro. A sua perspicácia era também bastante aguda para perceber que todas as mulheres, inclusive a doce Cora, olhavam para as suas casimiras com ar de absoluta aprovação. Apesar, porém, de todas essas vantagens, poderosíssimas, ele não ousara esperar que o beijo definitivo dessa senhora honesta viesse tão depressa... Cora mostrava saber aproveitar com afã as ocasiões, ciência que muita gente ignora; e nisso revelava ainda ser uma mulher superior. Um triunfo em toda a linha, aquele, mas que viria depois? Como acabaria? Por mais que o seduzissem certas intrigas, tinha-lhes sempre medo do fim. De mais a mais o marido de Cora era um homem de fisionomia medieval, trescalante a ciúme… Enfim, fosse Deus servido da melhor fôrma, o que lhe importava agora era reformar, para as suas entrevistas de amor, aquela casa da rua Costa Bastos, forrá-la de novo, pintá-la de fresco. Seria isso até um magnífico pretexto para se desfazer de alguns móveis velhos que por preguiça conservava em casa, como aquela almanjarra da biblioteca, carregada de livros e de traças, e como o oratório, em que a irreverência do Antão metia as caixas dos seus charutos e as latinhas de graxa para os seus sapatos! Mas esse plano desfez-se à lembrança de que a linda Cora não saía sozinha, vendo-se por isso na contingência, pobre mártir, de marcar as suas entrevistas de amor para a própria casa. Contanto que o diabo do marido não aparecesse… O que seria preciso era influí-lo a ir escolher animais todos os meses às feiras do Sul, e que ficasse por lá, pelo menos quinze ou vinte dias de cada vez… porque isso de se sujeitar ao papel ridículo do esconde-esconde em casa alheia, não estava de acordo com os seus hábitos. Gostava do fruto proibido, sim, mas saboreado com sossego, delicadamente, demoradamente.

Refastelando-se ainda mais no banco, Claudino lembrou-se que no dia seguinte teria de ir mais cedo para o escritório, obrigado pela urgência do correio do Norte, aquela estopada de tantas cartas parecidas. Na verdade, a vida só era boa como ele a levava naquele instante: correndo aventuras na asa do vento. Seria entretanto prudente ir imaginando o que houvesse de dizer a esse tal Lourenço, se o encontrasse em casa. O que lhe não confessaria, nem a pau, era a razão extravagante, mesmo absurda, da sua visita. Mas que motivo arranjaria ele, homem de comércio, para se apresentar pela primeira vez numa casa estranha, em dia útil e a horas de trabalho?

Ainda era tempo de voltar para trás: e estava quase resolvido a fazê-lo, quando o automóvel parou em frente a um portão de ferro entreaberto. Era ali.

— Entro? não entro? vacilava Claudino, embaraçado: — Afinal, é ridículo isto que eu estou fazendo… mas já agora, que diabo, o melhor é ir até ao fim.

A sua convicção e a sua esperança era saber logo ao primeiro toque de campainha que o sr. Lourenço não estava em casa. Mas enganou-se. O sr. Lourenço estava.

Um jardineiro, engelhado e baixinho, correu à entrada, e, mesmo sem indagar de quem se tratava, afirmou que sua senhoria podia entrar — como se já estivesse prevenido da sua vinda!

A casa, alta, cor de oca, de dois andares, ficava dentro, ao fundo de uma rua de bambus, cujas pontas se arqueavam em cima, formando túnel. Era uma sombra deliciosa por toda a extensão de uns cinquenta metros. Caminhando por ela, Claudino pensava a cada passo:

— Mas que irei eu dizer ao homem… Ora, já se viu uma coisa assim?! Mau! de mais a mais há cães em casa!

Efetivamente, ao desembocar da rua dos bambus, viu no patamar dos quatro degraus de pedra da entrada, um cão ruivo, que, sentado sobre as patas traseiras, fixava nele um par de olhos redondos, mais semelhantes aos olhos das focas que aos dos cães. Era um animal esquisito, de pelo eriçado e duro como os das escovas de arame. Claudino hesitou um momento em passar por ele; mas, vendo a sua impassibilidade, subiu a escada, pensando:

— É extraordinário, nem mesmo o cão se alvoroça com a chegada de um estranho…

E, aproximando-se da porta, ia empurrar o botão da campainha, quando viu aparecer, através dos vidros, uma senhora alta, de bandos brancos, que veio depressa ao seu encontro e disse, em ar de censura, antes mesmo de lhe ter ouvido a mais leve pergunta:

— Como o senhor tardou!

— Minha senhora… eu…

— Agora, não perca tempo. Faça o favor de entrar.

— Haverá talvez alguma confusão. Tomam-me, naturalmente, por uma outra pessoa…

Ela devia ser surda, porque respondeu:

— O quarto dele é no segundo andar. Venha comigo. Contanto que o senhor ainda chegue a tempo!

— Julgará V. Ex.ª que sou médico?!

Ela não respondeu; tomou-lhe o chapéu e a bengala das mãos, suspirando:

— Foi uma noite horrível!

— Talvez que V. Ex.ª pense que sou tabelião?...

— Não percamos tempo, observou ela, sem o atender, e guiando-o através de um corredor largo até à escada do pavimento superior. Aí, fazendo-lhe sinal para que subisse na frente, aconselhou:

— Tenha cuidado com os degraus, que são um pouco traiçoeiros, sr. Claudino.

Sr. Claudino... Sr. Claudino! Como poderia aquela senhora, que ele jamais vira em dias de sua vida, saber assim o seu nome?! Continuaria a ilusão? Estaria ele doido varrido, ou dentro ainda de um sonho? Para ter uma sensação da realidade, beliscou disfarçadamente uma das coxas. Doeu-lhe. Não há dúvida, sou eu, pensou Claudino, estacando.

— Já agora não o faça esperar; tenha paciência, sim? disse a seu lado a senhora dos bandos. E a sua voz estava impregnada de uma tal tristeza e doçura que o moço subiu a escada toda em um só fôlego. Fosse o que fosse, estava morto por saber a verdade daquela história, ainda inédita nos anais da sua vida.

A escada desembocava em cima numa saleta circundada de portas e de armários. Uma mulatinha magra revolvia roupas brancas num deles, sem nem ao menos ter a curiosidade de voltar a cabeça, para ver quem passava. Desse modo, Claudino varejava pela primeira vez todo o interior daquela casa alheia, sem despertar a atenção dos seus moradores, como se lhes fosse familiar! Penetrava agora num outro corredor, ao fundo do qual se abria uma janela para a galharia em flor de um grande pé de hibiscos. De cada lado desse corredor havia duas portas; foi na segunda da direita que a senhora dos bandos parou, fazendo-lhe o gesto de esperar. Ele esperou.

Começava a sentir-se nervoso, impaciente. Ardia por acabar com aquilo e voltar para a sua vida interrompida. Não era homem para mistérios e enredos sobrenaturais; toda a sua ufania era de ser um bom animal, de carnes rijas e espírito lavado de preconceitos.

No mesmo minuto em que a senhora reapareceu, abrindo a porta do quarto para que ele entrasse, assaltou-o de chofre a ideia de estar sendo vítima de um embuste qualquer. Que o esperaria dentro desse quarto? Teriam tido aquele trabalho todo para lhe roubarem o relógio e uma carteira insignificante? Nesse relance passou-lhe pelo espírito a probabilidade de um assalto, de um assassínio, ou imposição da sua assinatura para fins odiosos; mas, a lembrança do dedo do velho, furando a luva de neblina que envolvia toda a mão para apontar imperativamente uma frase, ordenando que se socorresse um homem, afastou-lhe tais pensamentos da cabeça. E agora já não havia tempo para suposições. Era ver e ouvir.

— Faça o obséquio de entrar...

O quarto tresandava a iodofórmio, e ainda por cima estava com as venezianas fechadas. Claudino tropeçou num tapete, depois num banquinho de pés. Trazia os olhos cheios da luz do sol, não via nada na meia escuridade. Alguém lhe segurou no braço, pelo cotovelo e o levou até a uma poltrona antiga, onde o fez sentar-se. Era ainda a senhora dos cabelos brancos que o dirigia.

Foi preciso que ele tivesse descansado alguns minutos em silêncio, para que pouco a pouco pudesse distinguir os objetos que o cercavam. Estava em frente a uma cama de ferro dourado onde um moço repousava, recostado em almofadões. Claudino reconheceu nesse moço o pianista da casa de Cora e já com isso não sentiu surpresa, de tal jeito os sucessos se iam desenrolando.

No fim, tudo se há de explicar, pensava, voltando a cabeça

para um dos ângulos do quarto, onde, a um cochichar de vozes femininas, se juntava o rumor d'água despejada pelo gargalo de uma moringa. Notou então com estranheza, que nesse canto do quarto, como nos outros três, havia grandes blocos de gelo em bacias de ágata. As vozes eram da senhora de cabelos brancos e de uma moça pálida, de trança solta e avental azul mal atado sobre o vestido claro. Eram ambas da mesma estatura e ocorreu a Claudino que fossem mãe e filha. A presença daquelas duas mulheres tranquilizava-o. A mais nova, tendo enchido um copo d'água, veio oferecê-lo ao doente, com todo o jeito e carinho. Depois de ter bebido a água, Lourenço ordenou, com um gesto de cabeça, às duas senhoras que saíssem, e as duas caminharam para a porta; mas a moça voltou de lá ainda a alisar os lençóis da cama, a olhar de perto, longa, amorosamente, para o rosto de Lourenço; depois, fixou Claudino como a pedir-lhe piedade e saiu fechando a porta sobre si.

"Cheguei ao fundo do poço; é agora", pensou Claudino consigo. E disse:

— Às suas ordens, sr. Lourenço!

— Obrigado. Espero não perder palavras, mas primeiro jure que não repetirá a ninguém o que me vai ouvir.

Jurar! Até a fórmula empregada pelo doente tinha um sabor novo para Claudino. Repugnando-lhe fazer um juramento, ele calou-se, embaraçado. A voz do outro, embora fraca, era tão clara, tão limpa, tão bem articuladas lhe saíam as palavras dentre os beiços desmaiados, que seria impossível perder-lhe uma única sílaba. Procurando evitar a solenidade de um compromisso, cujo valor não podia ainda avaliar, Claudino perguntou:

— Não é para furtar-me a servi-lo, mas desejaria saber por que e para que vim eu aqui. Estou agindo sob o poder de um mistério que não compreendo!

— Ninguém pode compreender mistérios... Mas vá primeiro dar volta à chave daquela porta, não quero que ninguém nos ouça. Ninguém! A menina que acaba de sair deste quarto é minha prima e minha noiva... *Era minha noiva*, eu já devo falar da vida como de um assunto passado... Faça favor: examine bem tudo; devemos estar sós. Minha tia é surda, mas a curiosidade é capaz de fazer o prodígio que a medicina e o tempo não conseguiram fazer. E se ela me ouvisse, não teria depois razão para chorar por mim... Ninguém?

— Ninguém.

— Aproxime-se e esforce-se por entender-me, mas, já que não quer jurar, dê-me a sua palavra de honra de que não referirá a ninguém o que me vai ouvir.

— Dou-lhe a minha palavra de honra.

— Escute: vimo-nos duas vezes: a primeira, cruzando-nos numa sala onde eu entrava, quando o senhor saía; a segunda, na mesma sala em que o senhor conversava alegremente, enquanto eu tocava músicas após músicas, a pedido de uma mulher...

— Não me esqueci... O senhor nesse dia tocou uma sonata, cujas harmonias me ficaram na memória...

— Era a *Sonata à minha noiva*, inspirada por esta pobre criança... Foi a última vez que a toquei...

— Há de tocá-la outra vez no dia do seu casamento, se não for ainda mais cedo...

— Nunca mais! Olhe:

E Lourenço, afastando com a mão esquerda a colcha de sobre o busto, mostrou o braço direito ligado no pulso. Tinham-lhe amputado a mão. Claudino não pôde reprimir um movimento de horror.

— Escute. Não podemos perder tempo. A minha história é esta: Solicitado por uma mulher casada, fui ontem à meia-noite a uma entrevista de amor em sua casa, e justamente no instante em que, pousando a mão no parapeito do seu terraço, eu ia saltar para dentro, vi reluzir na treva o raio branco de uma lâmina e senti que alguém de dentro me decepava a mão.

— O marido!...

— Fosse quem fosse, pouco importa. Eu não posso condenar ninguém. Caí na rua e arrastei-me de bruços até aos trilhos dos *bonds*, com a intenção ou de morrer de uma vez esmagado pelo primeiro carro que passasse, ou de, sendo encontrado ali, ver atribuído a um acidente vulgar o meu desastre.

— Salvava assim a reputação de uma mulher.

— Salvava a minha. Foi na minha que pensei. A figura da minha noiva apresentou-se-me diante dos olhos como um remorso. Nunca a amei tanto. Felizmente, ela acreditou... Dê-me água.

Claudino tremia ao deitar água no copo.

— Obrigado. Sentindo esvair-me em sangue, bem vizinho da morte, sabe no que pensei? Que na mão que me tinham cortado, ficava um anel com o nome da minha noiva e a data do nosso primeiro e único beijo. Então, uma indignação sacudiu todo o meu corpo e o meu pensamento voou para o senhor.

— Para mim?! por que para mim? Mas isto tudo é um pesadelo!

— Há muita coisa na vida, que parece sonho; se é que tudo não é sempre irrealidade! Pensei no senhor como a única pessoa capaz de ir buscar esse anel e trazê-lo à minha noiva, ou a mim, se eu ainda estiver vivo. Ficando em poder do meu assassino, esse anel se me afiguraria como uma ameaça ao sossego da minha memória. Ele seria em todo o tempo testemunha de uma verdade, que precisa ser enterrada comigo. Compreende?

— Compreendo.

— Lembro-me confusamente do resto: um automóvel da Assistência, médicos discutindo ao redor de mim, e a minha chegada aqui à casa de minha tia... Conscientemente às vezes, e inconscientemente outras vezes, eu chamava pelo seu nome, como pelo da única pessoa capaz de salvar-me. Agora já sabe tudo.

— Não sei nada. Falou-me em ir buscar um anel. Onde? Como?

— Em casa dela.

— Mas onde é essa casa e quem é ela?

— Cora. Pois não tinha adivinhado?

— Cora?!

— Não a condene e acredite que ela é uma mártir… Só por muito amor consentiria em ser minha… Só por muito amor! Leve-lhe a minha carteira, onde há uma carta sua, que não deve ser lida pela minha noiva. Percebe agora por que pensei no senhor? Cora dizia sempre que o estimava como a um irmão. Vá vê-la, console-a, que ela também deve ter sofrido muito… entregue-lhe a carta de que lhe falei e peça-lhe o meu anel, em que está gravado o nome de Beatriz, vítima inocente de toda esta tragédia… Mais água!… O senhor está tiritando… é também por causa do gelo com que encheram o quarto… Vá, não perca tempo. Eu já não tenho forças… se pudesse trazer também a minha mão!… Que saudades eu teria do piano se continuasse a viver!… A minha carteira está embaixo do meu travesseiro… leve-a… É essa… adeus…

Lourenço desmaiava, lívido, rolando a cabeça no almofadão. Claudino correu a abrir a porta e logo deparou com a noiva do pianista, em pé, de encontro à parede fronteira, à espera de poder entrar. Depois de assegurar-se de que o doente voltava a si, Claudino desandou todo o caminho por que tinha andado, até aquele segundo andar. Embaixo, a senhora dos bandos brancos, que ele sabia agora ser a dona da casa, correu ao seu encontro, resumindo numa palavra inexpressiva toda a sua curiosidade ansiosa:

— Então?!

Claudino gritou:

— O mal não me parece de morte. Há muita gente por aí que vive gorda e satisfeita depois de ter passado por desgraças idênticas. V. Ex.ª deve ter encontrado muitas vezes, por essas ruas, pessoas a quem falte uma perna ou um braço e que, entretanto, não parecem mais tristes do que qualquer de nós…

— Tem razão; mas serão pessoas de outra natureza. Meu sobrinho é excessivamente impressionável. O senhor voltará a vê-lo?

— Sim… logo à noite, ou amanhã de manhã; entretanto desejaria que me informasse de uma coisa:

— Pois não...

— Quem foi que me mandou chamar?

— Quem foi que o mandou chamar?!

— Sim, porque evidentemente V. Ex.ª, como todos da sua casa, esperava por mim!

— Certamente.

— Ora, como eu hoje não fui à minha casa comercial e ignoram aqui o meu domicílio particular, calculei que alguém da sua família tivesse mandado para o meu escritório um recado, que eu não recebi...

— Não. Nós todos supúnhamos em casa que Lourenço o tivesse avisado por meio de qualquer médico ou empregado da Assistência, visto que desde que chegou participou-nos a sua visita, continuando a falar no seu nome com ansiedade crescente. Mas se o senhor não recebeu nenhum chamado, como veio até cá?

— Vim por acaso.

— Hein?!

Claudino retraiu-se. Talvez não fosse conveniente dizer tudo. Inventou então a combinação de uma entrevista marcada por Lourenço havia dias e saiu apressado e nervoso.

No terraço, o mesmo cão ruivo, eriçado, de olhos de foca, deixou-o passar sem nem sequer fazer ouvir uma rosnadela. Os bambus moviam-se, agitando sombras na areia do jardim, e por uma esquisitice da imaginação torturada, Claudino, dando ao *chauffeur* o endereço de Cora, pensava na figura negra do varredor das ruas, alta noite, arranhando nas pedras a sua espalmada vassoura de raízes e cantarolando soturnamente aquela toada monótona de que não entendera as palavras, mas que lhe ficara no ouvido.

III

Tudo agora, na rua, parecia esquisito e artificial aos olhos de Claudino. Os tipos mais vulgares, as cenas mais comuns, acordavam-lhe impressões curiosas.

Estaria ele de fato no Rio de Janeiro, no meio de sua gente?

Sim, não podia haver dúvidas. Ainda poucos minutos antes tinha passado entre aqueles dois cartazes da Caxambu e da Brahma, e vira naquela padaria da esquina o mesmo homem barrigudo, de nariz erguido, cheirando o ar da sua porta. Para comprovar a identidade do lugar, bastava-lhe, de resto, olhar para aqueles soberbos renques de palmeiras imperiais, alinhadas paralelamente por detrás do muro de uma chácara sua conhecida, e ver, ao fundo da planura do bairro, os recortes da serra da Tijuca.

A verdade é que ele vinha do fundo de uma aventura absurda, como se tivesse vindo do porto de um outro mundo. A realidade afigurava-se-lhe mais irreal do que a irrealidade lhe parecera extravagante. Os homens por que passava tinham todos a expressão inconsciente de autômatos, agindo ao influxo de um só sopro: o egoísmo, em direção do mesmo ideal: o dinheiro. E esse ideal comum uniformizava todas as fisionomias. Não havia por ali caras nem raças diferentes: havia almas iguais, almas feitas às dúzias, como os casacos, que o seu inquilino alfaiate da rua Costa Bastos cortava, de uma assentada, em camadas sobrepostas de pano, para o seu comércio de fancaria…

O sol das cinco horas coloria tudo de amarelo. Havia fachadas de casas, que lembravam caras de cadáveres; árvores de calçada carregadas de moedas de ouro, representadas por discos de luz movediça. Moleques e garotos, jogando o botão, acocorados nas pedras, guinchando como macacos, discutindo e esbordoando-se mutuamente, reproduziam a mesma ideia dominadora e essencial dos adultos, menos demonstrativos, mas igualmente possessos. O mesmo veneno, que circulava nas veias dos indivíduos, como que se transmitia às coisas inertes: nas tabuletas das casas comerciais as letras dos dizeres ressumavam, de inchadas,

o suor da ganância, pela qual a humanidade gasta as suas melhores forças, combatendo até ao último suspiro. Por quê? para quê? Para servir à matéria. Para regalar o corpo... A algumas janelas assomavam cabeças de meninas, enfeitadas de fitas. Era
5 ainda a tabuleta insincera e ridícula. Dentro daquelas cabeças só deveria existir uma ideia: atrair o marido, como nas tabuletas só havia a de atrair o freguês. Uma mulher carregando o filho ao colo e ainda um fardo à cabeça, deu-lhe a impressão de uma força muscular admirável, ao serviço do mesmo ideal abjeto. No
10 mundo vasto havia lugar para outras aspirações: por que não ia aquela mulher para o campo, roer ervas como os cabritos e dormir à sombra de árvores cheirosas? Assim não morreria de fome, evitaria sacrifícios deprimentes e a sua alma teria espaço para agitar-se e crescer até às estrelas, que palpitam no céu aveludado
15 e assombroso. Pela primeira vez comparou a agremiação das cidades aos pátios dos hospícios, onde todos os loucos fossem atacados da mesma mania sob formas diferentes. De fato, desde a criança ainda inconsciente, que estende a mão tentando segurar qualquer objeto que brilhe diante de seus olhos, até ao velho
20 moribundo, que no último momento de vida procura ainda apanhar nas bainhas dos lençóis ou no espaço coisas que só ele vê, a mais enraivecida e poderosa vontade dos homens é — possuir. Essa ideia escraviza-os, torna-os em máquinas, verdadeiros moinhos de carne e osso, em que as ideias se trituram para o pão da
25 sua fome fenomenal.

Pobres fantasmas esses, que ele via, caminhando pelas calçadas daquele bairro. Nunca a população da rua se mostrara aos seus olhos tão mesquinha nos seus trajes, nem tão cansada nos seus passos. Sentia, por vezes, a impressão de que se descesse
30 do automóvel e fosse tocar, embora só com as pontas dos dedos, nessa gente, ela se desfaria em pó, como certas árvores mortas, corroídas pelos vermes...

Quem lhe asseguraria que na vida não fosse tudo ilusão? E sendo tudo ilusão, por que haveria de existir o absurdo?

35 O *chauffeur* voltou-se:

— O senhor disse rua do Uruguai?

— Sim; rua do Uruguai.

Estavam perto da casa de Cora; daí a uns três ou quatro minutos ele bateria à sua porta. E se ela não estivesse só? Se o hirsuto marido se intrometesse no caso, cioso de saber qual o assunto daquela sua conversa, tão esquisita e tão inesperada? Oh! a terrível complicação dos maridos! E que fogueira seria essa, que tão minaz e devoradoramente consumia aquele delicado e pálido corpo de mulher? Seria crível que ela amasse dois homens ao mesmo tempo e a ambos fizesse simultaneamente a mesma promessa?

Espicaçou-o o desejo de comparar a carta escrita por ela a Lourenço, àquela que ela lhe dirigira a ele próprio. Nada mais fácil. Trazia-as ambas no bolso. Esboçou o gesto de tirar a carteira de Lourenço da algibeira em que a enterrara, mas não levou a ação a efeito. Para quê? Iguais ou diferentes, as duas cartas voltariam juntas para a mão que as escrevera. Gêmeas ou não, eram filhas ambas do mesmo sentimento enganador. De resto, Cora era-lhe agora insuportável. A sua espiritualidade, que o seduzira, transformava-se subitamente numa materialidade suína, que lhe dava náuseas. Não era uma mulher apaixonada, era uma mulher doente. Não devia ser submetida ao regímen dos beijos de amor, mas ao das duchas geladas. Não lhe daria tempo para defender-se. Tratá-la-ia com aspereza, usaria para com ela frases curtas e sumárias. Previa cenas terríveis, mas de nenhum modo se esqueceria de que ia como delegado de Lourenço, e nada mais. Nada mais.

Contudo, ao entrar em casa dela teve um estremecimento. Lembrou-lhe a última visita, em que ouvira ao Lourenço aquela sua famosa composição à noiva, ao mesmo tempo que bebia nas grandes pupilas de Cora, as mais lindas e ardentes promessas de amor…

O criado, antes de lhe abrir a porta da sala, fê-lo esperar um momento no gabinete do patrão, que tinha saído havia pouco, mas não deveria tardar…

Claudino respirou.

O compartimento não era grande e a dona da casa deixara nele, como vestígio da sua passagem, o seu chapelão branco de jardinagem, que se balançava de uma maçaneta da porta, suspenso pelos atilhos de fitas cor-de-rosa.

Aquele chapéu evocou-lhe uma recordação suave:

Fora numa tarde assim que ele tinha um dia passeado ao lado de Cora, pela chácara, vendo-a colher flores, e sentindo aquelas rendas brancas roçarem-lhe o queixo, de vez em quando, numa leve carícia inconsciente... Mas, logo um pensamento o mortificou: — Teria ela tido hoje a coragem de passear?

Voltando, atormentado, o rosto para o outro lado, viu, com sobressalto, a lâmina curva de um alfanje, sobre o pano escuro da mesa.

"Foi com aquele alfanje que ele decepou a mão de Lourenço."

E sem tirar os olhos do aço polido da arma, repetiu, de si para si, num calafrio: — "foi com aquele alfanje que ele decepou a mão de Lourenço..."

O criado tardava em abrir a sala. Claudino, muito impaciente e nervoso para esperar sentado, pôs-se a passear de um lado para o outro. De repente, parou em frente a uma grande lousa escolar, em que leu estas palavras, escritas a giz:

FÁBULA PERSA

Há três coisas que nunca se obtêm por meio de outras três: riquezas por desejos, mocidade por arrebiques, saúde por medicamentos; assim como há três coisas, que três circunstâncias tornam valiosas: socorrer os famintos quando têm fome, falar verdade quando se está irado, perdoar tendo-se o poder de castigar.

A mesma letra acrescentava, noutra linha:

— "O poder e o direito."

A que mais abaixo respondia uma letra miúda, de mulher:

— "Poder sim. Direito não."

Continuarei ainda por muito tempo dentro do enigma? perguntava a si próprio Claudino, quando o criado voltou e o conduziu à sala de visitas.

O piano estava aberto e o ambiente saturado pelo aroma de

um grande ramo de murta. Espalhadas pelo tapete e acumuladas no sofá, sobrepunham-se, umas às outras, mais de vinte almofadas de seda. Os *stores*, descidos a meio, deixavam entrar no aposento uma claridade leitosa, que adoçava uma grande tela escura, emoldurada a prata, onde o rosto e as mãos pálidas de Cora emergiam da lã, cor de chumbo, de um vestido de inverno. Claudino deu as costas ao retrato e voltou-se para a porta, à espera.

Apenas uns segundos e a dona da casa apareceu, envolvida num roupão marfim-velho, que lhe descia em pregas, desde os ombros delicados até ao chão. Não sorria, como nas outras vezes. Vinha séria, olhos orlados de violeta. Os cabelos louros, presos na nuca por dois grampos de ouro, iluminavam-na com uma claridade de auréola. A poucos passos de Claudino, talvez por lhe estranhar o aspecto rude e altivo, estacou, com ar interrogativo.

Ele disse:

— Compreende que só uma razão muito poderosa me obrigaria a vir à sua casa a uma hora tão inconveniente e de um modo tão inesperado. Não proteste; é isto mesmo. Preciso falar-lhe e o que tenho a dizer-lhe di-lo-ei sem rodeios, bruscamente, porque assim é preciso. Sei do que se passou esta noite no seu terraço. Venho, mandado por Lourenço, trazer-lhe uma carta e pedir-lhe um anel…

Não pôde continuar: Cora desfalecia. Para a não ver rolar no assoalho, ele estendeu depressa os braços e amparou-a. Pesava. Através das pregas moles do vestido, sentiu-lhe a carne do corpo sem colete, abandonando-se todo. Na esperança de que a vertigem fosse momentânea, Claudino não quis gritar pelo auxílio de ninguém. Entretanto, Cora arrefecia, e uma palidez marmórea se estendia por toda ela. Pareceria morta se dos seus olhos semicerrados não descessem lágrimas grossas, que lhe escorriam em fio pelas faces.

Claudino fê-la sentar-se, reclinando-a nas sedas moles dos almofadões. Uma grande, uma enorme tristeza se evolava daquela prostração. Que lhe revelaria ela ao despertar? E se se fechasse obstinadamente no seu silêncio e no seu segredo, como ousaria ele interrogá-la?

Começava a ter pena daquele sofrimento, mas precisava saber de tudo, ir até à impiedade.

Supusera tratar-se de uma vertigem passageira, mas Cora ainda mal respirava. E se, entretanto, o marido chegasse? Não lhe tinha dito o criado que ele não deveria tardar? Talvez fosse prudente abrir uma janela, fazer com que o ar renovasse aquela atmosfera saturada do cheiro forte da murta e que entretinha, naturalmente, prolongando-a, a síncope de Cora. Ela respirava apenas, cada vez mais pálida e mais fria.

Claudino começava a impacientar-se, a ter medo. Foi abrir a janela, voltou a sentar-se perto do divã. E se ela morresse? Via-lhe os dentes cerrados, — as olheiras cada vez mais escuras... Tornou a erguer-se e ia chamar alguém, quando ela voltou a si, desafogando-se num suspiro.

— Passou? perguntou-lhe Claudino, quase solícito.

— Passou... respondeu ela num débil fio de voz.

— Se eu pudesse adiar esta entrevista, creia que o faria sem a relutância de um segundo; mas as circunstâncias obrigaram-me à maior urgência. Lourenço não pôde esperar...

— Lourenço?!

— Sim...

— Mas... como soube?

— Isso pouco nos importa agora. Lembre-se de que seu marido pode chegar de um momento para o outro! O anel estará com ele?!

— Não...

— Nesse caso dê-mo depressa!

O tom de Claudino ia-se tornando áspero. Cora fixou nele os olhos inundados e, tirando devagar um anel de ouro do dedo, ofereceu-lho, sem dizer uma única palavra.

— É este? perguntou ele.

Ela acenou que sim, com a cabeça. Não podia haver dúvida; lá estava gravado o nome da noiva de Lourenço, no interior do aro. Claudino não tinha o gesto impaciente. Depois de ter examinado a joia friamente, guardou-a, com um movimento, vagaroso, na mesma carteira de onde tirou duas cartas que entregou a Cora, observando a impressão que isso causava nela, e dando-lhe tempo a que se explicasse. Ela, porém, parecia não entendê-lo e recebeu as cartas maquinalmente, sem desviar os olhos dos de Claudino, que se conservava calado, sufocando o desejo de interrogar, de saber... Por fim, vendo que ela não falava, ergueu-se:

— Agora, minha senhora, que está tudo acabado entre nós, permita que lhe agradeça a sua atenção e me despeça...

Uma nuvem passou pela fronte de Cora; depois, ela segurou nervosamente, com ambas as mãos as duas mãos de Claudino e, levantando-se rente a ele, disse-lhe perto da boca, precipitando as palavras:

— Escuta; não me julgues mal; escuta! A carta era para ti... Lourenço veio em teu lugar... era a ti que eu chamava, era a ti...

— Não!

— Sim! olha para os meus olhos: verás que não minto. Eu nunca te menti; é só a ti que eu amo, quero que saibas, quero que tenhas a certeza. Escuta! Eu tinha acabado de escrever a Lourenço, pedindo-lhe a *Sonata à minha noiva* e estava a escrever-te, avisando-te de que poderias antecipar a tua visita, vir uma noite antes, quando ouvi os passos de meu marido. Percebes a minha confusão? A portadora esperava as cartas ao pé de mim. Assustada, troquei precipitadamente os sobrescritos de ambas e entreguei-as... Oh! tu não acreditas e é a verdade, é a verdade!

— Mas nesse caso eu deveria ter recebido a carta de Lourenço... em que lhe pedia a sonata.

— Sim!

— Oh! mas isso é um subterfúgio e peço-lhe que repare que eu não a acuso!

— Um subterfúgio? Não! Não te vás embora; escuta, espera, não me condenes sem me ouvir. Foi horrível, quero que saibas tudo, mas preciso falar depressa, depressa, porque *ele* pode chegar e eu tenho medo. Escuta: meu marido tinha resolvido partir ontem, à tarde, para o Sul, e quando eu já o supunha embarcado, vi-o entrar de novo pela casa. Achou-me pálida, notou certa perturbação em mim... expliquei-lhe que era pela alegria de o tornar a ver... Não sei se acreditou... Disse-me então que vinha passar apenas algumas horas comigo, visto que o paquete só levantaria ferro às sete horas da tarde. Estás compreendendo? Não me olhes com esse olhar de dúvida! Escuta ainda: no primeiro momento de liberdade corri a dizer à minha velha Antônia que podia ir levar ao seu destino as cartas que eu lhe entregara e ela saiu. Eu não tinha nada a recear. Meu marido deveria partir às sete horas da noite! À proporção que a tarde avançava, eu ia-me tornando mais nervosa, mais impaciente, porque ele se acomodava como quem tencionasse ficar! Às seis horas, alguém o avisou pelo telefone que o vapor adiava ainda a partida para hoje de manhã! Então comecei a girar pela casa, como louca. Antônia não tinha voltado da rua, nem voltaria, por ter de ir fazer quarto a um doente, não sei em que casa nem em que lugar... O meu desespero era tão visível, que meu marido já não disfarçava as suas suspeitas... Oh! não me fujas, é a verdade, a verdade! Escuta, escuta, meu amor. Eu tinha medo de que viesses, que ele te pressentisse e te matasse! Todo o meu corpo tremia numa irritação nervosa que eu não podia dominar. Desde o escurecer até à meia-noite, o mais leve ruído, folha de árvore caindo na areia, sopro de aragem levando um papel, qualquer som, por mais indistinto, fazia-me vibrar em grandes sobressaltos, que lhe causavam uma estranheza silenciosa, mas sensível. Às dez horas obrigou-me a deitar-me e a fechar a casa... Seria preciso dormir cedo, para se fazer madrugada... Dormir! Mas as minhas pupilas queimavam-me as pálpebras de cada vez que eu tentava fechar os olhos, e o coração arrebentava-me o peito... À meia-noite alguém bateu devagarinho na veneziana... Era o sinal. Quis levantar-me sem ser pressentida, julgando-o a dormir; uns pulsos de ferro obrigaram-me à inatividade... Ele escutava os sons de passos tímidos embaixo da janela... e, pensando que esses passos fossem teus, eu desmaiara, de terror! Oh! é a verdade! escuta: meu marido adivinhou o motivo da minha aflição, amarrou-me ao leito com o lençol, e, despendurando o seu velho alfanje do alto da cabeceira, deslizou de mansinho para o terraço... Não tenho palavras para contar-te o meu terror. Tentei gritar, para avisar-te que fugisses, mas a voz morrera-me na garganta... Que tempo estive assim? Um minuto? uma hora? não sei... De repente uma voz cortou o ar da noite... um grito agudo e a voz de meu marido rouquejou num rugido de raiva, abrasado e vingativo. Ah! mil anos que eu viva, hei de sempre, sempre, sempre, ouvir aquela voz! Voltando para dentro, ele me disse que, embaixo da minha janela, Lourenço estava estendido na calçada, esvaindo-se em sangue... e, para aterrar-me mais, mostrou-me a mão, que lhe decepara, passando-a, numa carícia repetida, pelo meu rosto e pelo meu colo... Depois, rindo com escárnio do meu desespero, enfiou-me no dedo o anel de Lourenço, como aliança do crime e da morte... Que noite! que noite!... Oh! mas tu não vieste, é a ti que eu amo, o meu engano salvou-te a vida. É a ti que eu amo, leva-me daqui, quero ser tua... só tua... eternamente tua!

Claudino sentia o corpo de Cora debatendo-se de encontro ao seu coração. Ela exprimira-se vertiginosamente, quase sem tomar fôlego. Arquejava agora de cansaço. A verdade surgia entre ambos, vestida de lágrimas, mas lágrimas radiantes como estrelas. Ela amava-o, não lhe mentira... e era linda; para que saber mais? Para que desejar mais?

— Ele não tarda... vai-te embora... Mas, antes, dize-me alguma coisa: tu não me disseste nada!... Dize que me amas... que crês em mim... e dize-me que me perdoas... mas que perdoas o quê?! Eu não tive culpa!... é só a ti que eu quero, meu amor... meu grande amor, meu único amor!

Houve um silêncio, em que, olhos nos olhos, eles se contemplaram, longamente, profundamente.

A dor espiritualizara o rosto de Cora, que todo se erguia para Claudino, numa súplica. Enleado e vencido, ele abaixou a cabeça e os lábios trêmulos de ambos iam encontrar-se num beijo, quando um encadeamento de acordes em surdina vibrou ali mesmo, dentro da sala. Claudino ergueu o busto, de súbito. Era a *Sonata à minha noiva*, que ele estava ouvindo, mas tocada por quem?

Cora gemeu:

— Não crês em mim, não crês em mim!

— Escuta.

— Por que me repeles? É só a ti que eu amo…

— Escuta!

— Escuta, escuta! o quê?!

A harmonia abria-se na frase larga e comovida, principal motivo da *Sonata*, em que Lourenço sonhara a noiva, errando num vasto campo de açucenas em flor…

— Dá-me a tua boca… suspirou Cora, ainda num gemido.

Claudino não a ouviu e, desembaraçando-se dela com esforço, atirou-a sobre os almofadões do divã e saiu precipitadamente.

Começava a escurecer e o ar mudara. Ao fundo da rua já se via, sobre o borrão negro de um morro, uma grande talhada de lua, cor de laranja. Claudino fez sinal para que o automóvel se aproximasse e quando o *chauffeur* lhe perguntou para onde o deveria conduzir, teve vontade de gritar: — Para o Hospício! mas conteve-se e deu de novo o endereço de Lourenço. Puxou do relógio. Eram sete e meia. Sentia-se nervoso, febricitante, com a imagem de Cora diante dos olhos e os compassos da *Sonata à minha noiva* a se reproduzirem constantemente na sua memória. Era um caos; era um tormento. Mas, Cora amava-o, amava-o, e em tudo isso salvava-se ao menos o seu orgulho de homem…

Fechou os olhos… sorriu.

IV

O portão da chácara estava escancarado; e pelo extenso chão da alameda, a luz do luar, coada pela ramaria dos bambus, lembrava uma quantidade de ratos brancos, que se movessem, perplexos, um pouco para a direita, um pouco para a esquerda, sem saber qual a direção, que deveriam tomar definitivamente. Ao fundo, na clareira circular em que a casa assentava, toda iluminada como para uma noite de festa, o cão ruivo de olhos de foca uivava espaçadamente, de focinho erguido para a lua, já toda branca e em pleno azul... 5

Claudino percorreu a alameda, cismando no modo por que deveria responder à curiosidade ansiosa de Lourenço. Dever-lhe-ia conservar a ilusão do amor de Cora, ou repetir-lhe as suas palavras?

Deveria conservar-lhe a ilusão. Mas se ele ficasse bom, não 10 resultaria depois da sua mentira piedosa uma complicação desastrada? O melhor seria entregar-lhe o anel, adiando para mais tarde outras explicações. Em todo caso, ele, de nenhum modo, poderia dizer ao outro:

— "Olha que sou eu a quem Cora ama! Tu, pobre de ti, foste ví- 15 tima de uma zombaria trágica do acaso. Os deuses protegem-me; leva para a cova a tua humilhação, se morreres, ou não me guardes rancor se continuares neste mundo; porque, afinal, eu não tenho culpa."

Subindo os poucos degraus do patamar de pedra, não teve 20 nem sequer o trabalho de bater à porta, porque ela, como o portão, também estava aberta de par em par. Na sala da entrada não estava vivalma. Claudino não ousou bater palmas; esperou um momento, a ver se via alguém.

O silêncio da casa, só cortado pelos uivos do cão lá fora e 25 pelo rumor de passos apressados no segundo andar, dar-lhe-ia a entender qualquer coisa de terrível significação, se as sucessivas comoções por que tinha passado não lhe tivessem perturbado o raciocínio. De mais a mais estava com fome. Naquela ocasião tal contingência envergonhava-o; um herói de aventuras não deve 30 pensar em bifes e ele ansiava por se atirar a uma ceia no *Brahma* ou no *Paris*.

Infelizmente, não poderia sair dali sem ter cumprido a sua missão. Sentou-se numa cadeira de vime e tossiu alto, para dar sinal da sua presença. 35

Tinha ideia de ter ouvido a um médico qualquer que o fenômeno da fome, como o do sono, é frequente em certos indivíduos, por motivo de excitações nervosas ou comoções intelectuais. Certas atrizes dramáticas, ao cabo de três ou quatro atos de luta, em que vibram de paixão e fazem tremer a plateia de entusiasmo, restauram ordinariamente as suas forças combalidas, com um bom naco de vitela e um escorregadio copo de Colares... Outras pessoas, à iminência de um grande perigo, o melhor por que se decidem é por se deitarem a dormir! O pai fora um desses. Na hora em que ele, Claudino, entrava no mundo, pondo em grande risco a preciosa vida da mãe, o pai, nervosíssimo, aterradíssimo, roncava alto como um bem-aventurado!

Aquilo, portanto, era da natureza; era humano, e ele não tinha razões para se vexar consigo mesmo de sentir uma necessidade material numa hora toda de espiritualidades... Ao contrário, tal urgência consolava-o, porque o fazia pensar:

"Começo a sentir-me outra vez gente!..." E ser alguém ainda é a coisa melhor da vida. Impaciente por acabar com tudo e ir-se embora, decidia-se a bater palmas, estrondosamente, quando viu um criado atravessar a sala e dirigir-se para o corredor com uma bandeja de canequinhas de café.

Pigarreou. O criado voltou-se:

— O senhor é servido?

Claudino apressou-se para dizer que sim.

O café quente e forte restaurou-lhe as forças abatidas.

O criado esperava, em pé e calado, em frente dele.

— Poderei falar à dona da casa?

— A senhora está lá em cima...

— Sei.

— Ah, o senhor sabe?

— Presumo, pela bulha dos passos. Diga-me, poderá entregar-lhe este cartão, imediatamente?

— Vou mandá-lo pela criada. A senhora está acompanhando a filha, que tem estado muito aflita...

— Compreendo. Faço-lhe notar que tenho pressa.

O criado murmurou ainda, quase imperceptivelmente:

— Foi uma desgraça! e voltou as costas a Claudino, que tirava da algibeira a sua cigarreira. Teria ao menos tempo para tragar uma fumaça antes que a dona da casa aparecesse. O sabor do café impôs-lhe a necessidade do cigarro. Recostando-se mais na cadeira, começou a fumar, cerrando as pálpebras.

Cora, ao debater-se de encontro ao seu corpo, deixara-lhe um pouco do seu perfume. Ele como que a trazia ainda consigo. Que teria ela pensado do seu brusco abandono? Seria crível que não tivesse ouvido, tão bem como ele, o encadeamento de acordes, da *Sonata*? Recompondo bem a cena, verificava que não. Cora não ouvira nada. E como poderia ele explicar-se aquela sensação do som, tão nítida, tão perfeita, experimentada por ele numa hora tão alheia a todas as coisas exteriores?! Que onda de ar lhe teria levado aquelas notas evocadoras e dolorosas, ao ouvido deleitado por outra música e justamente no instante divino da reconciliação?

Sabia haver certas doenças em que o paciente é perseguido por vozes que não existem senão no maquinismo dos seus próprios ouvidos, vozes extravagantes, alucinadoras, como rangidos de portas ferrugentas, guinchos, latidos ou sopros. Nos sonhos, também, toda a gente que sonha, se lembra de se ter deliciado uma ou outra vez, com melodias em surdina ou estremecido à bulha de fanfarras turbulentas, e não há cirurgião a quem certos doentes cloroformizados, ao passarem da vigília para o sono, não descrevam a audição de certos sons: melodias suaves de violino, vibrantes repiques ou badaladas de sinos. Todos esses casos, porém, estão explicados pela ciência. Mas o seu?

Ele não se podia convencer de ter estado a dormir e gabava-se de ser um homem robusto, um homem são em todos os sentidos, limpo de pele e de razão. Entretanto, era forçoso confessar ter sido nessa tarde vítima de um fenômeno nervoso, e dos mais singulares e despropositados. Começava a afligir-se com o que pudesse Cora pensar a seu respeito. Que espécie de sentimento seria agora o seu para com ele?

Pensando nela, revia-lhe as atitudes ondeantes, o fulgor dos olhos inundados de lágrimas, a palidez da sua pele quente e cheirosa, a flexibilidade do seu corpo moço e gentil. Sentia ainda na palma das mãos o contato das suas mãos pequeninas e nos braços o enlaçamento frenético dos seus braços, delicados, mas fortes como a hera. Realmente, a vida tem os seus mistérios e cada acontecimento, a sua filosofia enigmática. Bastava ver, como até mesmo os mais frívolos desses acontecimentos eram interpretados diferentemente por um comentador!

Sem entrar na intimidade de um fato, a sua origem, o seu desenvolvimento e os fatores, muitas vezes inconscientes da sua ação, ninguém o pôde criticar com justiça...

Para prova, ali estava ele, todo mergulhado numa intriga, debatendo-se nas suas águas de cores mais variadas que as das diferentes fases do Nilo e de sabor mais amargo que as do Atlântico; e que variedade de ideias lhe tinha ela infiltrado no cérebro? Tantas, tantíssimas, que já escapavam à análise da sua memória atordoada.

E onde estava a justiça das suas apreciações? Onde?

Vistas pelo lado de fora, todas as casas bonitas parecem abrigar a felicidade. Mas ide lá dentro, e vereis muitas vezes o sofrimento que há no interior. É preciso não julgar todas as coisas pela sua exterioridade, visto que os próprios sentimentos materiais têm paredes como os prédios, e não podem ser julgados com verdade senão quando eles próprios nos franqueiam as portas da sua intimidade. As aparências tinham feito de Cora um monstro, mas penetrado o seu segredo, ela brilhava agora aos seus olhos com o resplendor da inocência...

Um rumor de saias que se aproximavam obrigou Claudino a atirar o seu cigarro pela janela.

Lá fora o cão de olhos de foca uivava mais baixo, mais espaçadamente, cansado.

— Senhor Claudino...

— Minha senhora!

— Desculpe-me se o fiz esperar. Mas minha filha precisa muito de mim!

— Será apenas por um curto momento, minha senhora. Queria ainda dever-lhe a fineza de me aproximar de seu sobrinho…

— Lourenço?!

— Sim. Preciso falar-lhe.

— Pois não lhe disseram?

— Nada.

— Lourenço…

E ela fez um gesto, exprimindo que ele tinha morrido. A língua negara-se a articular a palavra terrível e grossas lágrimas saltaram-lhe dos olhos.

— Quando?!

— Inda agora, às sete e meia… Ele tinha-o incumbido de uma missão qualquer, muito delicada, não é verdade?

— Por que me pergunta isso, minha senhora?

— Porque ele não morreu pensando em nós… o seu olhar voltava-se para a porta numa ansiedade, como se esperasse alguém. E esse alguém creio que deveria ser o senhor…

— Talvez…

A própria noiva, ajoelhada à sua cabeceira, não recebeu o seu último suspiro, que se diria dado a outro amor que estivesse bem longe… Houve mesmo um instante em que me pareceu distinguir um nome de mulher no movimento dos seus lábios quase frios…

— E esse nome, minha senhora?

— Era, se bem pude entender, o nome de — Cora…

Claudino não pôde reter um estremecimento, que procurou logo disfarçar:

— Deveria ter sido ilusão de V. Ex.ª: seu sobrinho adorava a noiva com toda a alma…

— Se ele não mereceu completamente o amor de minha filha, muito me pesará que ela sofra demasiadamente por ele…

— Sua filha tem razão de o chorar.

— O senhor afirma-o?

— Sim…

— A morte de meu sobrinho está, entretanto, envolvida em qualquer mistério que o senhor conhece.

— Eu? não.

— O senhor, sim. Mas, descanse, que não procurarei violar à força o seu segredo. Adorei Lourenço e fiz por ele o que teria feito por um filho; isso bastaria para justificar toda a curiosidade que eu tivesse pela sua vida, que defendi desde o dia em que o recebi, ainda pequenino, nos braços.

— Mas o que a faz acreditar num mistério, que naturalmente não existiu?…

— Tudo. O próprio médico que o tratou e que, antes dos outros, lhe ligou o pulso, afirmou que não poderia confundir o esmagamento da carne com o talho de um instrumento cortante. Lourenço teve a mão decepada pela lâmina de qualquer arma branca. Não é da minha opinião?

— Não sei… porque não vi.

— Não quer dizer e eu já lhe confessei: não tenho intenções de vingá-lo. Se ele próprio respeitou o seu ofensor, não serei eu quem o acuse… Nem mesmo para estancar as lágrimas de minha filha eu lançarei mão de um escândalo. Somente, não acrescentarei à fogueira da sua saudade a lenha da minha…

— O dever das boas mães é exatamente o de procurarem dissipar os desgostos das filhas…

— Quando esses desgostos não são comuns; porque, acredite na minha experiência: há sempre uma certa consolação em não se sofrer sozinha… Mas já agora, antes de subir para ver Lourenço, deixe-me perguntar-lhe: por que me queria falar?

— Exatamente para receber de V. Ex.ª a permissão de vê-lo…

— Ah! sim… o senhor já me tinha dito. Perdoe a minha cabeça…

Como a tia de Lourenço fizesse menção de retirar-se, Claudino atalhou-lhe o movimento com um gesto:

— Perdão. Preciso falar-lhe, sim. Se, entretanto, V. Ex.ª tem muito cuidado em sua filha, eu esperarei aqui alguns minutos.

— Seria abusar da sua bondade. Percebo a sua fadiga.

— Diga antes a minha comoção.

— Era há muito tempo amigo de Lourenço?

— Conhecia-o apenas...

— É extraordinário!

— Sim, é extraordinário.

— Já que me permite, irei ver minha filha. Prefere esperar-me aqui ou velar uma hora lá em cima?

— Cumprirei o dever de velar até à meia-noite...

— Obrigada. Subamos então.

— Se, entretanto, a filha de V. Ex.ª precisar que eu vá chamar um médico ou...

— Não. Ela está bem rodeada. Para estas coisas não há médicos.

— Há: o tempo...

— Esse, cura matando... Tenha a bondade de seguir-me.

Como da primeira vez, ela recomendou cuidado com a escada, maquinalmente, limpando os olhos do choro. Em cima, na sala dos armários, havia roupas em desordem, revolvidas à pressa; e ao fundo do corredor a janela aberta para o luar desenhava um quadro argênteo cortado em diagonal por um galho escuro do hibisco. O quarto de Lourenço estava aberto. Claudino entrou e a dona da casa acompanhou-o até à beira do leito.

— Veja como ele parece dormir. Toda a agitação da fisionomia se transformou, logo após o passamento, na mais pura serenidade. Isso serve-me ao menos de consolação... O senhor disse que o conhecia apenas. Se tivesse sido seu amigo íntimo deveria adorá-lo. Era um crédulo, um sensível, um idealista... Nunca imaginei que ele me pudesse morrer dentro de um segredo... porque para ele a mentira não existia. Toda a gente era leal. Corria como uma criança para as ilusões, grato ao menor afago... Quem sabe se não foi por uma ilusão que ele morreu?!

Claudino sentiu que as pupilas da tia de Lourenço se fixavam nele, interrogativamente.

Ele disfarçou, com uma frase banal:

— Está descansado.

— Sim. Está descansado... Vou ver minha filha. Daqui a pouco estarei à sua disposição. Permita que me retire um momento...

— Oh! minha senhora!

Ela saiu. Claudino ficou pensando:

"Realmente, é espantosa a perspicácia das mulheres! Esta senhora descreveu-me a alma do sobrinho como se a tivesse visto ao espelho. E não podia deixar de ser assim.

Ele era um idealista, um sensível, um crédulo; verdadeira alma de artista, ainda não arranhada pelas asperezas da luta pela vida... Assim, bem se compreende que a beleza de Cora o tivesse fascinado com toda a sua graça mórbida e sedutora e que ele corresse, sem refletir, ao seu primeiro aceno, como as crianças correm para a ilusão... Morrera ao menos sem ter conhecido o desengano, murmurando o seu nome, na suposição de ser amado..."

E nascia-lhe agora no coração uma piedade imensa por aquele moço, sacrificado pelo acaso, em seu lugar. Parecia-lhe uma hipocrisia estar ali a lastimá-lo, quando àquele sucesso devia o ar que estava respirando e o gosto inigualável de poder dizer: eu vivo, eu penso, eu amo.

Claudino suspendeu a corrente dos seus pensamentos e ficou um momento parado, como para descortinar qualquer dúvida que surgisse no fundo da sua imaginação, ainda vaga e indistinta... Oh! ele não tinha aquela fé ilimitada que tivera o outro. Conhecia os embustes do mundo, era desconfiado... Em frente àquele corpo inerte e àquela desgraça irremediável, assaltava-o a ideia de ser impossível, de ser uma ingenuidade quase fantástica, o ter Lourenço corrido para uma entrevista sem estar previamente, e, por várias circunstâncias, prevenido para ela. Nenhum homem, mesmo o mais idealista, acredita que uma senhora o chame em condições tão excepcionais, sem que antes se tenham encontrado os seus olhos no mesmo desejo amoroso e veemente.

Agora, que já não sentia nos braços o calor do corpo de Cora, nem lhe via a comoção dos olhos inundados, podia analisar mais livremente a situação. Onde estará a verdade? Estivesse onde estivesse, seria justo que, depois de ter enterrado aquele pobre iludido, ele continuasse a gozar o amor da mulher que o matara, embora inconscientemente? E teria essa mulher sido sincera, absolutamente sincera para com ele? Só uma coisa lho poderia provar; a carta de que ela lhe falara, a carta escrita a Lourenço e que ele deveria ter recebido, como o desgraçado Lourenço receberá a sua... Entretanto, onde estava essa carta?

Claudino começou a passear, pensativo, pelo quarto. Recompunha os fatos.

Tinha saído nesse dia muito mais tarde do que o costume, e estava por isso habilitado para assegurar que tal carta não lhe entrara em casa, nem levada por mão própria, como lhe dissera Cora, nem pelo correio, nem pelo diabo! Ocorreu-lhe então que a mensageira, essa velha tia Antônia, que ele vira apenas uma vez, furtivamente, em lugar de se dar ao trabalho de vir à sua residência na rua Costa Bastos, tivesse ido de preferência ao seu escritório comercial, por ser mais perto. Seria isso? Deveria ser isso.

Tal suspeita serenou-o um pouco.

Verificaria o caso de manhã, o mais cedo que lhe fosse possível. Agora impacientava-se pela verdade. Mas onde a encontraria? Toda a gente pensa que traz a verdade dentro de si e ninguém a conhece. Há um minuto ele tinha uma convicção. Agora já tinha outra. Que o esperaria de ali a alguns instantes? Se por um milagre aquele morto ressuscitasse e lhe fizesse do seu amor uma confidência completa, então poderia julgar. Acreditava na voz dos homens mais que na das mulheres. Mas o morto não acordaria jamais daquele sono, nem ele acreditava em milagres, que reputava frutos do charlatanismo, da escamoteação, ou de bem combinadas experiências de física...

Na sua educação não tinham colaborado mulheres.

A mãe deixara-o apenas recém-nascido, o pai e o avô tinham-no criado sem crendices nem preconceitos. De resto, ele não tinha curiosidades intelectuais. Queria viver no presente e pelo modo mais confortável que lhe fosse possível. Lembrava-se que uma vez, em pequeno, contando-lhe alguém que um certo Simão, contemporâneo de S. Pedro, fazia falar o seu burro, o seu cão, o seu gato e a sua cabra, tudo o que lhe aprouvesse e em qualquer língua, e que esse mesmo taumaturgo transformava a sua vara inerte de nogueira (cortada como todas as varas mágicas, à meia-noite do terceiro dia da lua nova, com uma faca nova também), em uma serpente viva e temerosa e que, com o simples fato de a espetar na terra, a fazia num relance enramar, florir e frutificar como a mais fecunda árvore dos nossos pomares, o avô, vendo-o impressionado, interrompeu a narração para levá-lo a um circo da Cidade Nova, onde um ventríloquo fazia dizer a um porco preto e anafado deliciosos versos de Musset…

Voltando para a casa, o avô explicava-lhe:

— Era assim que Simão fazia falar o seu burro, o seu cão, o seu gato e a sua cabra, bichos aliás mais espertos do que o suíno, que nos apresentou este palhaço. Não acredites nunca nas coisas que não entenderes, porque assim darás fraca ideia da tua razão.

E quanto às árvores brotadas e secularizadas em um minuto, não são milagres da antiguidade, mas artes que ainda hoje exercem certos homens da Índia, denominados faquires…

O avô gostava de varrer-lhe da imaginação a poeira dourada das crenças e das ilusões.

Por tudo isso, mais extraordinária lhe parecia agora a sua situação. Não acreditando em fantasmas nem em casos sobrenaturais, sem curiosidade pelos segredos mais ocultos da natureza, como explicar a si próprio a visão daquele dedo de velho, alta noite, na sua sala deserta, e o seguimento da história iniciada por ele? Como compreender a audição da *Sonata à minha noiva*, na hora exata da morte do seu autor e, justamente, no instante em que a sua confiança ia ser traída? Afigurava-se-lhe que se o avô vivesse ainda ele correria a abrir-lhe o coração atônito, embora com a certeza de não ser esclarecido.

Como a ignorância é suave e deleitosa! Percebia agora que o

tempo passado no cumprimento de deveres materiais, conquanto às vezes cansativos, era o melhor da vida. Os dizeres simples das suas cartas comerciais, os seus livros de "Deve e Haver", as suas cifras positivas, sem embustes nem mistérios, como tudo isso era bom e honesto! E haver quem se cansasse correndo atrás de ideias e de fantasmagorias, sem visar outra recompensa senão a glória! Pobres doidos! De que servira a esse Lourenço consumir o seu cérebro e a sua alma em estudos profundos e demasiados e chegar a considerar-se por isso um ente superior, se tinha de morrer como poderia morrer qualquer bruto, por uma ofensa física? Logo a mão! Realmente, o Destino ou a sua comadre Fatalidade preparam tramas bem singulares! Se em vez de terem a Lourenço decepado a mão, lhe tivessem cortado um pé, ou vibrado uma punhalada no peito ou nas costas, ele não se teria deixado morrer, se o golpe não fosse mortal. A ideia de nunca mais poder percorrer o teclado do seu piano com os seus dez dedos fascinadores, tirara-lhe forças para a reação. Antes ser estúpido; a estupidez defende melhor os indivíduos de qualquer acidente, mesmo o mais natural, do que o talento e a imaginação. Depois, os asnos têm o atilamento natural da espécie, um certo instinto que os faz fugir do perigo, enquanto que os homens intelectuais se deixam enganar facilmente. Lourenço, quando abandonava a música, refugiava-se no livro. A filosofia e a harmonia dos mestres punham-no fora do ambiente comum às outras pessoas. E o resultado fora aquela ingenuidade, aquela credulidade cega, que o levara à morte, sem reflexões, logo ao primeiro aceno de uma mulher... E mal pudera ele pensar que esse aceno era feito a outro, a outro...

Claudino estremeceu, como se lhe competisse ter remorsos daquela obra do acaso; e por fugir de olhar para Lourenço, chegou-se à janela. O céu estava recamado de estrelas. Também eles, os longínquos astros, têm sido desde remotos séculos interrogados ansiosamente pela humanidade, desejosa de conhecer o seu futuro e o seu segredo. Não bastara a Superstição à Terra para rastejar, e ela deu ao seu corpo de réptil asas de águia, com que se remontasse às regiões siderais. Dos simples pescadores da Caldéia até os tempos modernos, que infinidade de almas têm invocado os astros, nos temores da sua covardia! Lá estava radiando a linda Vésper, amante de Marte e filha de Saturno, ao mesmo tempo que a lua enchia o céu e a terra com a sua luz clara e untuosa. Claudino deixou-se ficar encostado ao umbral da janela, olhando para a noite, a rever Cora no seu roupão lasso, cor de marfim, desmaiada entre os almofadões de seda, ou a debater-se depois nos seus braços, com um desespero de mulher amorosa. Fora a primeira vez que a vira chorar, e aquelas lágrimas cristalinas e grossas não lhe saíam do sentido. Renascia-lhe, com a memória do seu abraço e do contato quente do seu corpo, o desejo de a tornar a ver, de a interrogar repetidamente, sem descanso, fazendo-a dizer tudo, tudo. Para maior desespero, o beijo, sustado pela *Sonata*, ficara como a queimar-lhe os beiços… Alguém entrava no quarto e chamava-o. Era a dona da casa.

— Não aceito o seu sacrifício por mais tempo. Acabam de chegar alguns amigos que velarão o corpo. Queira acompanhar-me até a sala. É meia-noite.

Claudino inclinou-se. Antes de sair, olhou para a cama. A viração brincava com os cabelos do morto e ele pensou: “Amanhã a estas horas nem essa carícia ele terá, coitado.”

Percorreram de novo o corredor, a saleta dos armários, e escada, e encontraram-se no mesmo ponto da sala onde tinham conversado, horas antes.

— O senhor desejava falar-me? Estou pronta a ouvi-lo.

— Supus ter muita coisa a dizer-lhe, mas em verdade só tenho a dar a V. Ex.ª este anel, que, por sua vez, V. Ex.ª entregará à senhora sua filha…

— O anel de Lourenço!

— Sim, minha senhora.

— E foi o senhor quem o foi buscar?!

— Sim… minha senhora.

— Aonde?

Claudino não respondeu. Olharam-se fixamente, demoradamente.

— Ele proibiu-lhe que nos dissesse a verdade?

— Minha senhora...

— A sua resposta não o comprometeria.

— Mas eu nada sei!

— Compreendo. Minha pobre filha!

— Acredite que Lourenço a adorava!

— Oh, o senhor não sabe nada, nada, deve portanto ignorar também isso!

— Isso eu não o ignoro, porque ele mo disse.

— Quando?

— Poucas horas antes da sua morte.

— Mas se ele amava minha filha, por que pensou em outra mulher?

— Não sei se ele pensou em outra mulher.

— O senhor é inabalável. Seja. Além da saudade que esta morte me deixa, fica-me também o espinho de uma suspeita dolorosa. Contanto que ele fique só comigo...

— V. Ex.ª saberá dissipar qualquer apreensão da senhora sua filha...

— Não sou forte em dissimulações.

— O coração das mães ensina todos os prodígios.

— O meu coração está cansado. Acredite: tudo eu poderia esperar de Lourenço, menos que ele, tão cândido e tão bom, se envolvesse um dia em aventuras desleais, porque era, com certeza, casada essa mulher.

— Eu já lhe disse, minha senhora, que nada sei.

— Tenho eu a certeza de que sabe tudo.

— Pois bem, e se assim fosse? Se o próprio ofendido não tivesse querido que a sua história transparecesse, o meu dever, embora a conhecesse em todos os seus detalhes, não seria o de me calar?

— Sim, todos nós devemos respeitar a vontade dos mortos. Ele entregou-lhe o seu segredo, o senhor defende-o nobremente.

Não o acuso; admiro-o; e se desejo saber toda a verdade, que adivinho por instinto, não é por espírito de curiosidade, mas só pelo da vingança. Não lhe peço nem lhe perguntarei mais nada... Tornar-nos-emos a ver?

Ele fez um gesto vago, de ignorância. Olharam-se mais uma vez em silêncio e despediram-se com um demorado e mudo aperto de mão.

V

Já o sol ia alto quando Claudino saltou da cama, atroando a casa com o grito:

— Antão!

E como o Antão não surgisse logo ali, como os demônios das mágicas, ele sapateou com fúria no assoalho. Ora que estúpido, deixá-lo dormir daquele feitio! E o escritório, comi a sua correspondência para o Norte? E o enterro de Lourenço, que àquela hora já deveria ir a caminho do Caju? Apostava quanto quisessem em como o maluco do criado havia de estar lá em baixo, com o outro maluco do alfaiate, dissertando sobre os destinos da Itália, unida ao do Brasil republicano!

Ia dar outro berro com toda a força dos seus pulmões valentes, quando o Antão apareceu entre portas, com ar submisso, pronto para a arremetida do amo terrível.

— O senhor chamou?

— O senhor chamou! E ainda você me pergunta isso a mim, que estou a esgoelar-me há mais de uma hora aqui, pelo seu nome! Sabe que horas são? Nove!

— Faltam dez.

— Nove!

— Como o senhor ontem se queixou de cansado e se deitou muito tarde, tive hoje pena de o acordar. Assim mesmo, chamei-o duas vezes, uma às sete, como de costume, e outra às oito horas.

— Qual chamou, qual nada! E se me chamou, como o fez você que eu não o ouvi?

— Da primeira vez disse só: — São sete horas, patrão! e abri a veneziana.

— E da segunda?

— Da segunda, com sua licença, sacudi-o.

— Com muita piedade, hein?!

— Sim… com algum respeito.

— Algum! algum! Não quero que me respeite, já disse! Em semelhantes circunstâncias tem licença de ir até ao safanão. E agora? Tinha nada menos que o correio e um defunto à minha espera! Deveria ter-me posto em pé à força, com murros ou com água fria. Os regadores não ficaram na biblioteca?

— Não, senhor.

— Pois eu não lhe tinha dito?…

— Pensei que fosse brincadeira!

— Está doido! Pois eu ia entreter-me a brincar com você?…

— Pareceu-me tão esquisito…

— É preciso cumprir as minhas ordens sem as comentar; prepare-me o café e o banho e corra ao escritório; diga ao meu sócio que não poderei ir antes do meio-dia e que me mande as cartas que lá houver para mim. Avie-se!

Antão franziu as sobrancelhas. Não estava acostumado àqueles modos ríspidos. Que teria sucedido ao patrão, para que ele, geralmente amável, se tornasse assim tão áspero? E o mau humor aumentava com o correr dos minutos, tanto, que ainda ele na copa aquecia o café e já Claudino gritava do quarto, estrondosamente:

— Então, esse café vem ou não vem?

O criado perdeu o tino, serviu mal e, à hora de sair para o recado ao armazém, ainda correu a lustrar os borzeguins do patrão, que se regalava embaixo do chuveiro.

A água desfez-lhe a impaciência. Claudino começou a fazer a sua toalete sozinho e com toda a calma, o sono livrara-o de envergar o terno preto naquela manhã de sol.

Afinal, a sua companhia não fizera falta ao Lourenço no seu último passeio pelas ruas da cidade; prestara-lhe serviços mais importantes; e quanto a isso não o acusava a consciência, visto que não fora por culpa sua que a linda Cora tinha trocado as cartas na sua precipitação de adúltera medrosa. No silêncio da casa deserta e depois de algumas horas de sono, tinha mais lucidez de espírito para julgar e apreciar os fatos. Pôs-se a meditar: sob que força tinha ele agido naquela pavorosa intriga? Sob a força de um poder oculto, em que até então não tinha acreditado e que negaria ainda para o futuro, a todo o transe, por temor do ridículo, não querendo comprometer-se com ideias religiosas ou sobrenaturais. De mais a mais, se o seu caso transparecesse, não faltaria quem viesse meter o nariz na sua vida e raspar-lhe, com unhas irreverentes, a crosta da inteligência e da reputação. Era egoísta. Queria passar despercebido pelo meio da turba, para andar à vontade; tanto mais que esse segredo bem guardado, dar-lhe-ia liberdade para amar a sua Cora e deixar-se amar por ela, com todos os frenesis da sua paixão voluptuosa. Porque, embora ele a amasse, percebia ser amado por ela com redobrada intensidade.

Não vira na véspera como, ainda agitada, combalida, desorientada pelas cenas cruéis em que fora obrigada a tomar parte, ela lhe caíra nos braços, com tanta sinceridade e tanta comoção? Sabendo do que o marido era capaz, tendo-o presente, na imaginação, tinto de sangue ainda fresco de uma vítima apenas suspeitada, ela não o enlaçara nos braços, a ele, Claudino, sem temer de ser surpreendida e morta a seu lado por esse mesmo marido sanguinário e feroz?

Que maior prova de amor poderia ele, em toda a sua vida, obter de uma mulher? Era verdade que, se continuasse a amá-la, correria o risco de ter a mesma sorte de Lourenço; entretanto, — oh! inconsequências da paixão! — aquela história de sabor medieval exacerbava-lhe o desejo de prosseguir no caminho perigoso.

"Senhor, este Rio de Janeiro é a terra das complicações, — refletia ele, correndo sobre o colarinho o nó da sua gravata. Ainda anteontem eu era um homem tranquilo, bem orientado, e aqui estou hoje indeciso, se serei mesmo um homem ou apenas um ponto de interrogação!"

Completada a toalete chegou à janela, a ver se lobrigava o criado. Ardia por ler a carta de Cora, única prova que ela apresentava em sua defesa. A bem dizer, nem devia ser uma carta. Apenas um bilhete:

"Mande-me a sua *Sonata à minha noiva*, etc."

Fora com certeza isso que ela escrevera a Lourenço e pusera, com a precipitação do susto, dentro do envelope com o seu nome. Como certo gênero de cartas amorosas não têm geralmente outra rubrica senão — Meu querido, ou — Meu adorado, ou coisa nenhuma, — o que é mais comum, Lourenço não poderia, com efeito, ter percebido, nem sequer desconfiado, ser a carta que recebera de Cora dirigida a outro homem! Enfim, não valia agora a pena pensar nas lucubrações que por ventura pudesse ter tido um homem já enterrado a essas horas, no quente chão do Caju.

O diabo era que o patife do Antão não aparecia; havia já tempo de sobra para estar de volta com a desejada carta. Quando, por fim, o criado chegou, vermelhaço e ofegante, antes mesmo de abrir a boca, ouviu ainda da escada uma saraivada de impropérios. O desgraçado, chegando acima, fixou no amo impaciente um olhar de espanto e murmurou:

— O senhor desculpe, mas...

— Qual mas! Não admito *mas*! Dê-me essa papelada.

— Seis cartas e um jornal...

Enquanto Claudino rasgava o primeiro sobrescrito, o Antão perguntou, limpando o suor que lhe escorria em bagas do rosto aflito:

— O senhor quer que lhe arrume a mala?

— A mala! para quê?

— Para a sua viagem.

— Que viagem?!

— O senhor parte hoje para Buenos Aires.

— Está doido!

— Não estou doido, não senhor.

A primeira carta não era a de Cora, mas de um freguês de Pernambuco, que se dirigia pessoalmente a ele, pedindo-lhe amostras de couros e oleados. Claudino atirou-a para o chão, com raiva... O criado recomeçou:

— A sua passagem já está comprada. O senhor parte num paquete da Mala Real Inglesa...

— Você está pra aí a dizer coisas que eu não entendo. Com o dia de ontem acabaram-se as mistificações. Deixe-me ler...

A segunda carta era de uma viúva pedindo-lhe para arranjar um lugar para o filho — *rapazinho muito trabalhador* — no seu armazém.

Claudino varejou essa carta, por debaixo da mesa, com uma praga e, enquanto tateava outra, Antão apressou-se:

— Fui eu mesmo à agência com uma carta do seu sócio, o sr. Jorge. Cabine de primeira classe, tudo do melhor.

— Irra! Que inferno! Cala-se você ou não?

— É que... o sr. Jorge...

A terceira carta era um convite para um sarau musical na residência de um médico dos subúrbios.

— O sr. Jorge — continuou Antão — ordenou que lhe dissesse isto logo ao chegar, para seu governo. É negócio urgente.

— Você põe-me tonto. Espere. Deixe-me ver tudo isto e depois falará.

A quarta, a quinta e a sexta carta eram contas de camisaria, prospectos de uma nova companhia de cerâmica e um pedido de resgate para umas cautelas de penhor de joias. Nada mais. Claudino sacudiu ainda as folhas de uma revista, a ver se cairia de dentro o famoso bilhete de Cora, e não achando coisa nenhuma, fixou interrogativamente a cara ainda transtornada do Antão.

— Você não teria perdido nada pelo caminho?

— Nada, não senhor. Pus todos os papéis dentro desta algibeira.

— É impossível!

— O senhor se quiser pode perguntar lá na loja, porque o seu ajudante até contou as cartas quando mas entregou. Eram seis.

— Tem certeza disso?

— Como de estar aqui.

Claudino começou a passear nervosamente pela sala.

Com que então a senhora dona Cora mentira-lhe! Para livrar-se de uma recriminação direta ou de uma queixa importuna, resolvera inventar aquele velho *truc* de comédia, em que ele caíra de quatro, como um asno que era! Excelente atriz, a tal senhora! Depois da vinda de certas celebridades femininas teatrais ao Rio, era isso que se via: toda a mulher mais ou menos elegante julga-se com direito a inventar e a representar o seu papel de tragédia ou de farsa, na sociedade!

Execrável animal, a mulher formosa! Tem magnetismos de jacaré e tentáculos de polvo. Fuja quem puder, antes de entrar no raio da sua ação. Com aqueles abraços de fogo, aqueles soluços de súplica, aquele franzir de lábios a pedir beijos, na hora da angústia em que deveria estar de joelhos rezando pelo outro, que morrera de amor, e por amor dela, Cora tivera imaginação para inventar alvitres que a salvassem momentaneamente da vergonha e do crime... E ele que se deixara convencer da sua inocência e que se arrependera de a ter repudiado no doce instante de se beijarem!... Benéfico espírito, o que lhe cantara ao ouvido esses compassos da música salvadora, e que o obrigaram a fugir! Agora tudo se iluminava diante dos seus olhos. Lourenço não morrera iludido, mas convencido. Por mais inexperiente e idealista que seja um homem, ele não caminha para um abismo ao primeiro aceno de qualquer tentação. Há sempre um momento de dúvida e de indecisão. Lourenço correra para a morte, na certeza de correr para o amor: sem vacilar. Logo, sabia que era esperado, que era querido por Cora. Sabia-o, positivamente. O ludibriado tinha sido ele, Claudino, e mais ninguém!

Antão, antes de se retirar para mudar de casaco, aventurou ainda, com voz tímida:

— Nesse caso posso fazer outro qualquer serviço?

— Hein?! É verdade. Que me dizia você há pouco?

— Perguntava se o senhor queria que lhe arranjasse a mala, visto que não há tempo a perder.

— Mas que trapalhada é essa?!

— A casa precisa dos seus serviços em Buenos Aires. Foi o que me disse o sr. Jorge. Ele pede para o senhor ir conversar com ele às três horas; se não puder irá ele ao cais às cinco e meia, para lhe dar as suas instruções. Lamenta que o senhor não tenha aparecido, porque tem estado muito atrapalhado. Pensava que estivesse doente.

— Bem. Arruma a mala.

— Como de costume?

— Como de costume.

— Sim, senhor.

— E dizer que eu poderia comprometer os meus negócios por causa de uma aventura sem pés nem cabeça! pensou Claudino, recomeçando agitadamente no seu passeio, até ir, em uma das voltas, parar em frente à grande estante de vidraçaria lavrada da biblioteca. Abriu-a. Sentiu cheiro a mofo e um rastejar suspeito de baratas. Havia papéis em desordem, e livros deitados, por detrás de outros livros. Quantos anos de trabalho, de paciência, representavam essas obras de estudo e de literatura clássica, na consulta das quais o pai consumira também tantos anos e tanta paciência!

Claudino teve um triste sorriso de piedade pela loucura daquela consumição. Valeria a pena queimarem o cérebro na fabricação de frases, que se esquecem, ou que outros reproduzem depois com outra forma, igualmente mortal? Não seria ele quem martirizasse os seus pobres olhos naquelas cinzas de um passado que o não interessava absolutamente. Com muito trabalho, tocando nos livros com as pontas dos dedos, como se fossem animais putrefatos, Claudino conseguiu achar o volume de Francisco Rodrigues Lobo, que o Antão sepultara por detrás de outras obras mais ou menos suas contemporâneas. Procurando a luz da janela, folheou então o livro até achar uma frase sublinhada à mão.

Leu: "Socorre Lourenço e põe os olhos no seu exemplo."

Estava na terminação desta frase toda a razão da intervenção paterna. Os olhos encheram-se-lhe de água à lembrança do dedo do pai, apontando-lhe, tremulamente, mas pertinazmente, aquelas palavras que resumiam então uma ordem incompreensível. Claudino fechou devagarinho o livro e levou-o aos lábios, devotamente. Depois sentou-se à secretária, e escreveu:

Minha Senhora.

Sumo-me da sua vida com a certeza de lhe não deixar saudades. Por mim, procurarei esquecê-la. Peço-lhe, entretanto, que reze por ele, e que não zombe de mim.

Claudino

Mandada a carta, sentiu que se tinha partido para sempre o fio daquela aventura extraordinária, sem que por isso deixasse de pensar, por uma obsessão dolorosa, nessa mulher perturbadora, toda feita de luz e de perfume. Deveria odiá-la e amava-a ainda, mais do que nunca, como um doido! Se ela não lhe tivesse mentido, se de fato o bilhete a Lourenço lhe tivesse chegado, ele seria nesse instante o mais feliz dos homens. Um riso nervoso sacudiu-lhe o corpo à ideia de ter sido ludibriado por Cora. Fechou os olhos, esmagou as pálpebras com as pontas dos dedos gelados e quedou-se assim, revendo-a, adorando-a, maldizendo-a...

"Meu amor, meu grande amor, meu único amor!"

Ela dissera-lhe estas palavras iluminada pelo fulgor da paixão, unindo ao seu o corpo fremente, o seu corpo divino, toda, toda dele...

Claudino sentia agora que a sua vida passada e futura convergiam inteiramente para esse minuto criado pela aliança trágica da mentira com o amor. Seria então certo que o homem tanto mais ama quanto menos confia? Aí tinha a prova de tal argumento: Cora, que fora até então para ele como que uma promessa, mais lisonjeira à sua vaidade do que ao seu coração, transformou-se de repente no único motivo da sua existência, numa obsessão dolorosa, só por ter deixado de ser a mulher certa, pronta a servi-lo através de todos os sacrifícios, entre sorrisos, como a um deus.

Agora estava tudo acabado, e se ela fora forte em enganá-lo, ele sê-lo-ia ainda mais em fugir-lhe, em repudiá-la, num gesto de desprezo. Entretanto, os olhos de Cora, os seus braços amorosos, o resplendor dos seus cabelos, a palidez da sua fronte alta e o som da sua voz musical e intensa: "meu amor, meu grande amor, meu único amor!" imploravam-lhe que voltasse, que voltasse, que voltasse para o beijo interrompido, para um beijo eterno!

Às duas horas, o Antão julgou dever intervir.

— A mala está pronta.

— A mala?!... ah! sim...

— Agora vou chamar um carregador.

— Bem... vai...

— Não será bom chamar também um táxi, para o senhor ir ao armazém combinar os seus negócios?

— Talvez seja melhor...

— É melhor, porque já é tarde.

— Tenho tempo. Escuta: não quero voltar para esta casa. Amanhã mesmo combina com o sr. Jorge sobre os meios de se fazer leilão de todos os trastes e de se reformar isto para alugar.

— E... e depois?

— Acabaremos, como todos os solteiros, numa pensão ou num hotel... Vida execrável, Antão!

O criado baixou a cabeça, entristecido. Claudino limpou os olhos.

— Vende-se também a cama que pertenceu ao sr. desembargador Aleixo?

— Também.

— E os livros?

— Vende-se tudo. De mais a mais, para que nos servem os livros?

— Pra nada, lá isso é verdade...

— Estes ao menos podem gabar-se de terem engordado muitas gerações de traças… o que prova que não há nada inútil neste mundo. Hoje fui injusto para com você. Tome lá e não me queira mal.

Claudino pôs dinheiro nas mãos do criado e fez-lhe sinal que saísse. 5

VI

Eram oito horas da noite quando o Antão voltou do cais, de ver o amo partir para Buenos Aires. Vinha cansado, morto por fumar o seu cigarro, de pernas estendidas no sofá, mas ao entrar na escada o alfaiate do andar térreo, gritou por ele: 10

— *Seu* Antão!

— Que é?

— Faça favor.

— Há alguma novidade?

— Eu lhe digo: anteontem veio aqui uma mulher com uma carta para o seu patrão… 15

— E daí?

— Como nem o senhor nem ele estivessem em casa, ela pediu-nos que a guardássemos para entregar depois.

— E o senhor esqueceu-se… 20

— Não me esqueci. Saí para umas provas e supus que a minha pequena lha tivesse dado; tenho andado tão atarefado de trabalho, que nem tempo tenho para comer, acredite. Só agora, fazendo a limpeza de sábado na oficina, foi que topei com a peste da carta no meio dos retalhos do gavetão. 25

— Paciência…

— Mas inda o pior não é isso. Parece que o diabo do aprendiz, achando a carta cheirosa, quis verificar se ela trazia flores dentro e abriu-a…

— Oh! diabo! 30

— Eu podia não lhe dizer nada e pôr o papel ao cisco; mas pode tratar-se de negócio de importância e não quero. Tome-a lá.

— Obrigado. Boa noite.

— Boa noite.

Antão subiu. Em cima, depois de ter acendido a lâmpada e de se ter refestelado na cadeira de balanço, julgou prudente 5 ler aquela carta, a ver se valeria a pena transmiti-la ao patrão. A curiosidade obrigava-o a esse bom serviço... Assim, leu-a, tornou a lê-la, comparou o papel lilás das suas folhas ao papel igualmente lilás do sobrescrito, e pasmou. Não entendia nada.

O escrito dizia assim:

10 Sr. Lourenço.

Peço-lhe que me mande a sua *Sonata à minha noiva*, que desejo estudar. Sua amiga muito grata,

Cora

Antão ficou um momento perplexo, revirando a carta entre 15 os dedos; depois amarrotou-a e atirou-a com um gesto decidido para a cesta dos papéis inúteis.

FIM

COLEÇÃO HEDRA

1. *Don Juan*, Molière
2. *Contos indianos*, Mallarmé
3. *Triunfos*, Petrarca
4. *O retrato de Dorian Gray*, Wilde
5. *A história trágica do Doutor Fausto*, Marlowe
6. *Os sofrimentos do jovem Werther*, Goethe
7. *Dos novos sistemas na arte*, Maliévitch
8. *Metamorfoses*, Ovídio
9. *Micromegas e outros contos*, Voltaire
10. *O sobrinho de Rameau*, Diderot
11. *Carta sobre a tolerância*, Locke
12. *Discursos ímpios*, Sade
13. *O príncipe*, Maquiavel
14. *Dao De Jing*, Lao Zi
15. *O fim do ciúme e outros contos*, Proust
16. *Pequenos poemas em prosa*, Baudelaire
17. *Fé e saber*, Hegel
18. *Joana d'Arc*, Michelet
19. *Livro dos mandamentos: 248 preceitos positivos*, Maimônides
20. *O indivíduo, a sociedade e o Estado, e outros ensaios*, Emma Goldman
21. *Eu acuso!*, Zola | *O processo do capitão Dreyfus*, Rui Barbosa
22. *Apologia de Galileu*, Campanella
23. *Sobre verdade e mentira*, Nietzsche
24. *O princípio anarquista e outros ensaios*, Kropotkin
25. *Os sovietes traídos pelos bolcheviques*, Rocker
26. *Poemas*, Byron
27. *Sonetos*, Shakespeare
28. *A vida é sonho*, Calderón
29. *Escritos revolucionários*, Malatesta
30. *Sagas*, Strindberg
31. *O mundo ou tratado da luz*, Descartes
32. *Fábula de Polifemo e Galateia e outros poemas*, Góngora
33. *A vênus das peles*, Sacher-Masoch
34. *Escritos sobre arte*, Baudelaire
35. *Cântico dos cânticos*, [Salomão]
36. *Americanismo e fordismo*, Gramsci
37. *O princípio do Estado e outros ensaios*, Bakunin
38. *Balada dos enforcados e outros poemas*, Villon
39. *Sátiras, fábulas, aforismos e profecias*, Da Vinci
40. *O cego e outros contos*, D.H. Lawrence
41. *Rashômon e outros contos*, Akutagawa
42. *História da anarquia (vol. 1)*, Max Nettlau
43. *Imitação de Cristo*, Tomás de Kempis
44. *O casamento do Céu e do Inferno*, Blake
45. *Flossie, a Vênus de quinze anos*, [Swinburne]
46. *Teleny, ou o reverso da medalha*, [Wilde et al.]
47. *A filosofia na era trágica dos gregos*, Nietzsche
48. *No coração das trevas*, Conrad
49. *Viagem sentimental*, Sterne
50. *Arcana Cœlestia* e *Apocalipsis revelata*, Swedenborg
51. *Saga dos Volsungos*, Anônimo do séc. XIII
52. *Um anarquista e outros contos*, Conrad
53. *A monadologia e outros textos*, Leibniz
54. *Cultura estética e liberdade*, Schiller

55. *Poesia basca: das origens à Guerra Civil*
56. *Poesia catalã: das origens à Guerra Civil*
57. *Poesia espanhola: das origens à Guerra Civil*
58. *Poesia galega: das origens à Guerra Civil*
59. *O pequeno Zacarias, chamado Cinábrio*, E.T.A. Hoffmann
60. *Entre camponeses*, Malatesta
61. *O Rabi de Bacherach*, Heine
62. *Um gato indiscreto e outros contos*, Saki
63. *Viagem em volta do meu quarto*, Xavier de Maistre
64. *Hawthorne e seus musgos*, Melville
65. *A metamorfose*, Kafka
66. *Ode ao Vento Oeste e outros poemas*, Shelley
67. *Feitiço de amor e outros contos*, Ludwig Tieck
68. *O corno de si próprio e outros contos*, Sade
69. *Investigação sobre o entendimento humano*, Hume
70. *Sobre os sonhos e outros diálogos*, Borges | Osvaldo Ferrari
71. *Sobre a filosofia e outros diálogos*, Borges | Osvaldo Ferrari
72. *Sobre a amizade e outros diálogos*, Borges | Osvaldo Ferrari
73. *A voz dos botequins e outros poemas*, Verlaine
74. *Gente de Hemsö*, Strindberg
75. *Senhorita Júlia e outras peças*, Strindberg
76. *Correspondência*, Goethe | Schiller
77. *Poemas da cabana montanhesa*, Saigyō
78. *Autobiografia de uma pulga*, [Stanislas de Rhodes]
79. *A volta do parafuso*, Henry James
80. *Ode sobre a melancolia e outros poemas*, Keats
81. *Carmilla — A vampira de Karnstein*, Sheridan Le Fanu
82. *Pensamento político de Maquiavel*, Fichte
83. *Inferno*, Strindberg
84. *Contos clássicos de vampiro*, Byron, Stoker e outros
85. *O primeiro Hamlet*, Shakespeare
86. *Noites egípcias e outros contos*, Púchkin
87. *Jerusalém*, Blake
88. *As bacantes*, Eurípides
89. *Emília Galotti*, Lessing
90. *Viagem aos Estados Unidos*, Tocqueville
91. *Émile e Sophie ou os solitários*, Rousseau
92. *Manifesto comunista*, Marx e Engels
93. *A fábrica de robôs*, Karel Tchápek
94. *Sobre a filosofia e seu método — Parerga e paralipomena (v. II, t. I)*, Schopenhauer
95. *O novo Epicuro: as delícias do sexo*, Edward Sellon
96. *Revolução e liberdade: cartas de 1845 a 1875*, Bakunin
97. *Sobre a liberdade*, Mill
98. *A velha Izerguil e outros contos*, Górki
99. *Pequeno-burgueses*, Górki
100. *Primeiro livro dos Amores*, Ovídio
101. *Educação e sociologia*, Durkheim
102. *A nostálgica e outros contos*, Papadiamántis
103. *Lisístrata*, Aristófanes
104. *A cruzada das crianças/ Vidas imaginárias*, Marcel Schwob
105. *O livro de Monelle*, Marcel Schwob
106. *A última folha e outros contos*, O. Henry
107. *Romanceiro cigano*, Lorca
108. *Sobre o riso e a loucura*, [Hipócrates]
109. *Hino a Afrodite e outros poemas*, Safo de Lesbos
110. *Anarquia pela educação*, Élisée Reclus
111. *Ernestine ou o nascimento do amor*, Stendhal

112. *Odisseia*, Homero
113. *O estranho caso do Dr. Jekyll e Mr. Hyde*, Stevenson
114. *História da anarquia (vol. 2)*, Max Nettlau
115. *Sobre a ética — Parerga e paralipomena (v. II, t. II)*, Schopenhauer
116. *Contos de amor, de loucura e de morte*, Horacio Quiroga
117. *Memórias do subsolo*, Dostoiévski
118. *A arte da guerra*, Maquiavel
119. *Elogio da loucura*, Erasmo de Rotterdam
120. *Oliver Twist*, Dickens
121. *O ladrão honesto e outros contos*, Dostoiévski
122. *Sobre a utilidade e a desvantagem da histório para a vida*, Nietzsche
123. *Édipo Rei*, Sófocles
124. *Fedro*, Platão
125. *A conjuração de Catilina*, Salústio
126. *O chamado de Cthulhu*, H. P. Lovecraft
127. *Ludwig Feuerbach e o fim da filosofia clássica alemã*, Engels

METABIBLIOTECA

1. *O desertor*, Silva Alvarenga
2. *Tratado descritivo do Brasil em 1587*, Gabriel Soares de Sousa
3. *Teatro de êxtase*, Pessoa
4. *Oração aos moços*, Rui Barbosa
5. *A pele do lobo e outras peças*, Artur Azevedo
6. *Tratados da terra e gente do Brasil*, Fernão Cardim
7. *O Ateneu*, Raul Pompeia
8. *História da província Santa Cruz*, Gandavo
9. *Cartas a favor da escravidão*, Alencar
10. *Pai contra mãe e outros contos*, Machado de Assis
11. *Iracema*, Alencar
12. *Auto da barca do Inferno*, Gil Vicente
13. *Poemas completos de Alberto Caeiro*, Pessoa
14. *A cidade e as serras*, Eça
15. *Mensagem*, Pessoa
16. *Utopia Brasil*, Darcy Ribeiro
17. *Bom Crioulo*, Adolfo Caminha
18. *Índice das coisas mais notáveis*, Vieira
19. *A carteira de meu tio*, Macedo
20. *Elixir do pajé — poemas de humor, sátira e escatologia*, Bernardo Guimarães
21. *Eu*, Augusto dos Anjos
22. *Farsa de Inês Pereira*, Gil Vicente
23. *O cortiço*, Aluísio Azevedo
24. *O que eu vi, o que nós veremos*, Santos-Dumont

«SÉRIE LARGEPOST»

1. *Dao De Jing*, Lao Zi
2. *Escritos sobre literatura*, Sigmund Freud
3. *O destino do erudito*, Fichte
4. *Diários de Adão e Eva*, Mark Twain
5. *Diário de um escritor (1873)*, Dostoiévski

«SÉRIE SEXO»

1. *A vênus das peles*, Sacher-Masoch
2. *O outro lado da moeda*, Oscar Wilde
3. *Poesia Vaginal*, Glauco Mattoso
4. *Perversão: a forma erótica do ódio*, Stoller
5. *A vênus de quinze anos*, [Swinburne]
6. *Explosao: romance da etnologia*, Hubert Fichte

COLEÇÃO «QUE HORAS SÃO?»

1. *Lulismo, carisma pop e cultura anticrítica*, Tales Ab'Sáber
2. *Crédito à morte*, Anselm Jappe
3. *Universidade, cidade e cidadania*, Franklin Leopoldo e Silva
4. *O quarto poder: uma outra história*, Paulo Henrique Amorim
5. *Dilma Rousseff e o ódio político*, Tales Ab'Sáber
6. *Descobrindo o Islã no Brasil*, Karla Lima
7. *Michel Temer e o fascismo comum*, Tales Ab'Sáber
8. *Lugar de negro, lugar de branco?*, Douglas Rodrigues Barros
9. *Machismo, racismo, capitalismo identitário*, Pablo Polese
10. *A linguagem fascista*, Carlos Piovezani & Emilio Gentile

COLEÇÃO «ARTECRÍTICA»

1. *Dostoiévski e a dialética*, Flávio Ricardo Vassoler
2. *O renascimento do autor*, Caio Gagliardi
3. *O homem sem qualidades à espera de Godot*, Robson de Oliveira

«NARRATIVAS DA ESCRAVIDÃO»

1. *Incidentes da vida de uma escrava*, Harriet Jacobs
2. *Nascidos na escravidão: depoimentos norte-americanos*, WPA
3. *Narrativa de William W. Brown, escravo fugitivo*, William Wells Brown

COLEÇÃO «WALTER BENJAMIN»

1. *O contador de histórias e outros textos*, Walter Benjamin
2. *Diário parisiense e outros escritos*, Walter Benjamin

Adverte-se aos curiosos que se imprimiu este livro na gráfica Meta Brasil,
em 21 de setembro de 2021, em papel pólen soft, em tipologia MinionPro
e Formular, com diversos sofwares livres, entre eles LaTeX& git.
(v. 2a892a8)